PAN! DANS L'ŒIL!

DINER DE FIN D'ANNÉE, REVUE EN CINQ ACTES ET HUIT TABLEAUX

PAR

MM. JULES DORNAY ET GASTON MAROT

MUSIQUE DE

M. J. JAVELOT

Représentée pour la première fois à Paris, sur Théâtre du PRINCE-EUGÈNE (ancien Délassements-Comiques), le 23 décembre 1867

PARIS
E. DENTU, ÉDITEUR
LIBRAIRE DE LA SOCIÉTÉ DES GENS DE LETTRES
Palais-Royal, 17, et 19, Galerie d'Orléans

1868

Librairie de E. DENTU, Éditeur, Palais-Royal,
GALERIE D'ORLÉANS, 17 ET 19

PRIX 50 CENTIMES.

BIBLIOTHÈQUE POPULAIRE
DU THÉATRE MODERNE

PRIX 50 CENTIMES.

PAN! DANS L'OEIL!

DINER DE FIN D'ANNÉE, REVUE EN CINQ ACTES ET HUIT TABLEAUX

PAR MM. JULES DORNAY ET GASTON MAROT

MUSIQUE DE M. J. JAVELOT

Représentée pour la première fois, à Paris, sur le Théâtre du PRINCE-EUGÈNE (ancien Délassements-Comiques), le 23 décembre 1867

DISTRIBUTION DE LA PIÈCE

PHILOCOME	MM.	PÉLARDY.
LE RENSEIGNEMENT		VILERS.
LAHURY, MACADAM, TOQUANDIN, LE GÉNÉRAL BOUM.		COCHELIN.
LUCIEN CASSARD		LAUNAY.
L'HOTEL, LE CRAYON, JACOBUS, JE PASSE ICI PAR HASARD		L. DÉPY.
L'AUVERGNAT, LE DENTISTE, LE CASSEUR DE TIBARES		GAY.
LE FEU D'ARTIFICE, L'ÉCOLE TURGOT, GANDINOS, DUTOQUÉ, ALEXANDRIVORE		BECRET.
L'OMNIBUS, JASMIN, LE BALLON CAPTIF, DRELIN-DINDIN		BOISCORBON.
PHILIDOR, LE PAVÉ, PREMIER CONSOMMATEUR, PREMIER INVENTEUR, LA VIEILLE BUTTE CHAUMONT.		PIQUET.
ALCIBIADE, DEUXIÈME CONSOMMATEUR, LE CANON MONSTRE, DEUXIÈME INVENTEUR, HURLUBERLU		PLISSONNEAU.
GARÇON DE CAFÉ, TROISIÈME INVENTEUR, LE ROI BARBU		GODARD.
L'HOMME MASQUÉ, TROISIÈME CONSOMMATEUR		CYRILLE.
MADAME BONGOUT, LE VIEUX BOULEVARD DU TEMPLE, LE PAPIER PEINT	Mmes	BUYCET.
LE CHATEAU D'EAU, LA FLAMME DE BENGALE, FIDELINE, MAGNÉSIE, L'ŒIL CREVÉ, FRANC TIREUR		JEANNE LAFOSSE.
L'EXPOSITION, LE CAPITAINE DES FRANCS TIREURS, LE PROGRÈS		ANNA R.
AMÉLIE, LE NOUVEAU CHATEAU D'EAU, L'AQUARIUM, LA BICHE AU BOIS, FRANC TIREUR, L'ANGLETERRE.		ANTONIA.
LE MARCHÉ AUX FLEURS, LE CAFÉ CONCERT, FILLE DE L'AIR, FRANC TIREUR, JACK SCHEPPARD		ROSE MAYER.
NOUNOUSSE, LE TÉLÉGRAPHE ÉLECTRIQUE, FRANC TIREUR, UNE PREMIÈRE DAME, LA BELLE HÉLÈNE.		FONTBONNE.
LE TROCADERO, UNE COUTURIÈRE, LA MODE, FRANC TIREUR, LE ROMAN D'UNE FEMME HONNÊTE.		V. AUBLANT.
NELLY, MINÈSA, LA JEUNE BUTTE CHAUMONT, LA FEMME BLEUE		VILLEDIEU.
LE BATEAU MOUCHE, FRANC TIREUR, LE GUIDE DU CÉRÉMONIAL, SAPHIR, LA CHINE		BERTHE.
LA POSTE ATMOSPHÉRIQUE, L'OPÉRETTE, LA PLUME, CENDRILLON, LA RUSSIE		ÉLISA.
L'ABATTOIR, UNE INVENTRICE, FRANC TIREUR, PEAU D'ANE, FEMME ROSE, LA PRUSSE		LOUISE C.
UNE INVENTRICE, FRANC TIREUR, DEUXIÈME DAME, LA FEMME JAUNE, LES IDÉES DE MADAME AUBRAY, L'ALLEMAGNE		ALPHONSINE.
JULIENNE, UNE INVENTRICE, TROISIÈME DAME, FRANC TIREUR, LE DICTIONNAIRE DE LANGUE VERTE, L'ESPAGNE		PAULINE.
CLICHY, FRANC TIREUR, FEMME NOIRE		MARIE.
ANTONY		LA PETITE BAILLET.
ADÈLE D'HERVEY		LA PETITE FERÉNOUX.

ACTE PREMIER

Premier Tableau

POTAGE DE MODISTES AUX CROUTONS D'ONCLE DE GENNEPY-LES-COQUELOURDES

L'intérieur d'un magasin de modes. Au fond, porte vitrée s'ouvrant sur un passage. Portes latérales, comptoir à droite, sièges. Table à gauche.

SCÈNE PREMIÈRE

LAHURY, NELLY, NOUNOUSSE, AMÉLIE, JULIENNE.

Au lever du rideau, les jeunes filles travaillent à gauche. Lahury à droite, l'œil collé près de la serrure d'une porte, regarde à l'extérieur.

NOUNOUSSE, à Lahury.

Anne, ma sœur Anne, ne vois-tu rien venir ?

LAHURY, se retournant.

Si vous continuez à m'appeler ma sœur Anne, mesdemoiselles, je me destitue inopinément votre ami.

NELLY.

Pas d'aigreur, Lahury, on ne vous appellera plus Anne; continuez votre observation. (Lahury se remet au trou de la serrure.)

AMÉLIE, zézéyant.

Eh bien, voyez-vous quelque zoze?

LAHURY, sans se déranger, faisant signe avec sa main.

Chut !

NOUNOUSSE.

Est-ce madame qui s'avance ?

NELLY.

Comme le roi barbu ?

LAHURY.

Non, sa nièce, mademoiselle Fidéline lui accroche son faux chignon. (Poussant un cri étouffé.) Ah!

TOUS.

Quoi ? Eh bien ?

LAHURY.

Ah! sapristi de sapristi... Maintenant ce sont ses faux repentirs, ça m'a remué de l'occiput au talon...

Air de Marianne.

Ce que je vois, je dois le dire,
Est bien fait pour m'impressionner.

NOUNOUSSE.

Lahury, vous nous faites rire,

NELLY.

Qui peut ainsi vous fasciner.

LAHURY.

Je vois madame,
Et sur mon âme
Ça n'est pas drôl'...

AMÉLIE.

Vous n'êtes pas poli!

LAHURY.

Je suis un homme,
Et dam! en somme
J'aime le beau, j'adore le fini!
La patronne nous semble belle
Sous ses splendides oripeaux;
On croit qu'elle a... bien, oui!... c'est faux!
Je vois que rien n'est à elle! (*Bis.*)

TOUS, riant.

Ah! ah! ah!

LAHURY.

Peut-on... chercher par de faux repentirs à embellir la nature.

NELLY.

Ah! il a bien dit ça!

LAHURY.

J'ai dit ça avec âme et conviction, comme je dis tout ce que je pense depuis que j'ai étudié pour être comédien.

NELLY.

Comédien! comédienne!

NOUNOUSSE.

Nom plein de bonheur!... nous aussi, nous avons le hanneton du théâtre.

LES JEUNES FILLES.

Oh! oui!

LAHURY.

Possible! mais vous n'avez pas, comme moi, le feu sacré de Thalie! Oh! Gimblette! que ne peux-tu me ouïr et me voir à cette heure!

NELLY.

Gimblette! Est-ce que ça va sur l'eau?

AMÉLIE, zézéyant.

Qu'est-ce que c'est que ça?

LAHURY.

Ça, mesdemoiselles, c'est une jeune, naïve et candide enfant que j'ai laissée au pays et qui m'attend. (Chantonnant.)

Sans murmurer!
Sans murmurer!

TOUTES, riant et se levant.

Ah! ah! ah!

LAHURY.

Vous riez!... jeunes cœurs de stuc!

NELLY.

Ah! mais dites donc, M. Lahury, ces épithètes!...

LAHURY.

Alors, ne touchez pas à Gimblette!

NOUNOUSSE.

Flanquez-nous la paix avec votre Gimblette... et dites-nous si la patronne ne va pas enfin se donner de l'air.

LAHURY, regardant.

Elle lace ses bottines!

NELLY.

Pourvu qu'elle nous tourne les talons avant l'arrivée de M. Lucien!

NOUNOUSSE.

Il ne ferait pas un impair pareil!

LAHURY.

Pas de danger! une bête et lui ça fait deux!... c'est mon maître!... (Frappant sur son front.) Si j'ai quelque chose qui bouillonne là!... c'est grâce à lui!... et si, ce quelque chose... (Se frappant le front.) qui bouillonne là, éclate un jour, ce sera encore et toujours grâce à lui! .. Les horizons bleus qu'il m'a ouverts sont immenses... Je les parcourrai sur les ailes de la gloire! On parlera de Lahury dans Landerneau, j'irai dar dar à la postérité, je ne vous dis que ça!

AIR : *Les cinq Codes.*

D'abord je prétends qu'à la ronde,
On dise, en me voyant passer,
C'est l' premier *l'artisse* du monde,
Pas un ne peut le surpasser!...
Dans l'histoire, j'aurai ma place,
J'arriv'rai petit à petit
Qui sait? peut-être au mont Parnasse!

NELLY.

Parbleu! l'omnibus y conduit!
Espérez donc le mont Parnasse,
Puisque l'omnibus y conduit!

NOUNOUSSE.

Ce Lahury! il est à faire sculpter.

SCÈNE II

LES MÊMES, MADAME BONGOUT, FIDÉLINE. Madame Bongoût en toilette éxcentrique.

MADAME BONGOUT, entrant.

Eh bien, mesdemoiselles!

TOUTES, se rasseyant.

La patronne!

MADAME BONGOUT.

On cause au *lieur de travaillère.*

NOUNOUSSE.

Non, madame... c'est que j'avais quelque chose sur la prunelle.

LAHURY.

Et mademoiselle Nounousse me priait de lui souffler dans l'œil.

MADAME BONGOUT.

J'aime qu'on se disculpe sans mensonge. La besogne avance-t-elle?

LES JEUNES FILLES.

Oui, madame!

MADAME BONGOUT.

Très-bien! je vais sortir! je vous confie mes intérêts et ma nièce. Une affaire m'appelle extra-muros, à Poissy.

NELLY.

Madame va acheter une bête à cornes... au concours général?

NOUNOUSSE.

Madame va voir son oncle?

MADAME BONGOUT.

Je vais où je veux, mesdemoiselles!

AMÉLIE, zézéyant.

Prenez garde, madame... c'est dangereux d'aller au marché aux bêtes!..

MADAME BONGOUT.

J'aurai soin de moi!...

JULIENNE.

Aussi dangereux que d'aller en chemin de fer.

MADAME BONGOUT.

Mesdemoiselles, votre intérêt me touche, mais votre curiosité est déplacée... Je vais à Poissy pour affaire sérieuse.

[illegible] ... Fideline, ma nièce [illegible] de la maison Bongout, créée en l'an [illegible]. Sois souple avec les dames et ferme avec les hommes assez téméraires pour fourrer leur nez dans les modes inventées par la mère. J'ai dit! que ce petit speech, digne de la *Morale en action*, t'aille au cœur. Assieds-toi et ouvre les yeux sur ces demoiselles.

FIDÉLINE.

Oui, ma tante.

MADAME BONGOUT.

Vous, Lahury?..

LAHURY.

Madame, je vous écoute depuis un quart d'heure.

MADAME BONGOUT.

Vous représentez la force, et la sentinelle qui veille aux abords du sérail.

LAHURY.

Cette comparaison!...

MADAME BONGOUT.

J'ai dit! je ne demande pas à ce que vous vous disculpiez; ne laissez *pénétrère* dans le séjour des grâces... que les grâces elles-mêmes... armez-vous de votre plumeau et balayez-moi les jeunes cocodès qui voudraient faire de la prunelle à ma nièce et à ces demoiselles, surtout le jeune Lucien Cassard un drôle qui s'est permis de me demander sa main, et qui n'a pour toute fortune que des espérances.

LAHURY.

Madame, l'espérance est la mère...

MADAME BONGOUT.

C'est pour cela que je lui refuse ma nièce! Sentinelle! veillez! (*A part.*) Moi, je cours à Poissy, et si j'y trouve mon gueux... gare à lui!

AIR : *Débuter à l'Opéra.*

Je vais, la vengeance au cœur,
Surprendre mon infidèle!...
S'il courtise une autre belle,
Gare! je fais un malheur!

(*Aux ouvrières.*)

Travaillez, que vos doigts fiévreux
Fassent triple, quadruple ouvrage.
Baissez timidement les yeux,
En un mot, qu'ici l'on soit sage!

ENSEMBLE.

MADAME BONGOUT, LAHURY.	LES AUTRES.
Travaillez avec fureur,	Travaillons avec ardeur,
Courage, mesdemoiselles.	Courage, mesdemoiselles.
Cousez tulles et dentelles	Cousons tulles et dentelles,
A l'ouvrage, ayez du cœur!	A l'ouvrage ayons du cœur!

(*Madame Bongout sort.*)

SCÈNE III

LAHURY, FIDÉLINE, NELLY, NOUNOUSSE, AMÉLIE.

NELLY, *se levant.*

Enfin!

TOUTES, *même jeu.*

La voilà partie!

FIDÉLINE.

Chut! imprudentes! si elle allait revenir!..

TOUTES, *se rasseyant.*

Ah!..

FIDÉLINE, *à Lahury.*

Lahury, suivez-la des yeux!

LAHURY.

Avec mon regard d'aigle!.. suffit. (*Il remonte au fond.*)

FIDÉLINE.

La voyez-vous?

LAHURY.

Oui, elle court, elle marche!.. elle vole!.. elle débouche dans la rue du Faubourg-Saint-Martin!, elle est débouchée!..

FIDÉLINE.

Bravo!

TOUTES, *dansant.*

Liberté! Libertas!..

SCÈNE IV

LES MÊMES, LUCIEN, PHILIDOR, ALCIBIADE.

LUCIEN, *ouvrant la porte.*

Peut-on entrer?

TOUS.

Ah! monsieur Lucien!..

NELLY.

Monsieur Philidor!

NOUNOUSSE.

Monsieur Alcibiade!

FIDÉLINE.

Entrez! entrez et fermez vite la porte!.. (*Ils entrent tous trois.*)

LES TROIS HOMMES.

AIR : *Robert le Diable.*

O vous! ô nos amours!..
Plantez là votre ouvrage!..
Et suivez-nous!

TOUS.

Au rendez-vous,
Là-bas que de beaux jours!
Au milieu du passage,
Nos chants bien doux
F'ront des jaloux!

AIR : *A la Monaco.*

On dira surtout
Ce théâtre modèle
Possède avant tout
Des artistes de goût!
Il traite de tout,
Aussi, grâce à son zèle
Il pass'ra partout,
Pour arriver à tout!

(*Dansant.*)

A la Monaco,
L'on chasse, l'on déchasse!
A la Monaco,
L'on chasse comme il faut!

LUCIEN.

Stop! assez chanté, assez dansé; toi, Lahury, baisse les stores afin que nous puissions jaboter à notre aise.

LAHURY.

Avec bonheur! (*Il va baisser les stores de la devanture.*)

LUCIEN, *embrassant Fidéline.*

Mon cher trésor, bonjour! Maintenant, mes enfants, soyons sérieux...

TOUS.

Allez-y!

LAHURY, *montant sur un tabouret.*

Allez-y!

LUCIEN.

Vous savez que nous répétons généralement à onze heures pour le quart.

TOUTES.

Oui!..

LAHURY.

Oui.

LUCIEN.

De l'exactitude, n'est-ce pas?

NOUNOUSSE.

Parbleu!..

LAHURY.

Parbleu !

LUCIEN.

C'est comme cela que l'on mène ses affaires à bien, car vous ne supposez pas, mes enfants, que j'ai pris la direction du théâtre de l'Avenir, au deuxième au dessous de l'entre-sol, pour m'amuser.

PHILIDOR.

Non, mais pour faire fortune, si c'est possible !..

LUCIEN.

Afin d'épouser ma chère Fideline.

TOUS.

Ah bah !

LAHURY.

Ah bah !

LUCIEN.

Cet ah bah ! énergique me prouve que vous ne connaissez pas le dessous des cartes, et comme il faut que vous m'aidiez tous de votre pouvoir, je m'explique. Tel que vous me voyez, j'ai un oncle.

NOUNOUSSE.

Moi, j'ai une tante, rue des Blancs-Manteaux.

LUCIEN.

Nounousse, laissons le Mont-de-Piété tranquille... et encore une fois, soyez sérieux.

LAHURY.

Écoutez, pantelants et muets comme une écumoire.

LUCIEN.

J'ai donc un oncle ! vieux Troyen, je dis Troyen parce qu'il est né dans Troyes et qu'il habite Gennepy-les-Coquelourdes aux environs de cette ville, où il possède autant de biens qu'il a de bêtise dans la cervelle, ce qui lui constitue 25,000 livres de rente.

NELLY.

En bêtise !

LUCIEN.

Autant en écus !.. Ceci dit, je lui écrivis certain jour que je voulais me marier. — Sa réponse ne se fit pas attendre. La voici : « Mon neveu, tu n'épouseras mademoiselle Fideline Bongout, que je ne connais pas, qu'autant que ta position te permettra de prendre femme. Tu es à Paris pour être avocat. Sois avocat, gagne de l'argent et je te donnerai 50,000 francs de dot. »

TOUS.

Cinquante mille francs !

LAHURY.

Cinquante mille francs !

LUCIEN.

C'est joli, oui, mais être avocat ne me plaisait pas... Le théâtre, le théâtre était mon élément et je sentais que la fortune était dans ce mot seul !.. Madame Bongout me refusa net la main de sa nièce. Ayez de la fortune, me dit-elle, mais, jusque-là, ne reparlez jamais à Fideline. La fortune, je la tiens. Je fonde mon théâtre de l'avenir au deuxième au-dessous de l'entre-sol.

LAHURY.

Ah ! tenez, ça réussira !

LUCIEN.

Merci... Je cherche le goût du public, il envahit mes bureaux, j'emplis ma caisse et mon oncle me voyant des écus en poche ainsi que ma belle tante me dira : Sois heureux !... J'aurai Fideline et mes 50,000 francs de dot.

TOUS.

Très-bien...

LAHURY.

Très-bien !

LUCIEN.

Vous m'avez compris ?

TOUS.

Parfaitement !

LAHURY.

Parfaitement !

LUCIEN.

J'ai la volonté, je réussirai.

FIDÉLINE.

Et c'est pour moi que vous travaillez ainsi ?

LUCIEN.

Puisque je vous aime ! Voici le jour décisif... (Aux jeunes filles.) Vous êtes toujours décidées à signer un engagement avec moi ?

TOUTES.

Oui, oui.

LAHURY.

Oui ! oui !

LUCIEN.

A quitter les modes pour le théâtre ?

TOUTES.

Oui, oui !...

LAHURY.

Oui, oui.

LUCIEN, sortant des papiers de sa poche.

Voici vos engagements. (Lisant.) Mademoiselle Nelly, ex-modiste, engagée spécialement pour jouer les grues, sans partage, 1283 francs 22 centimes d'appointements par an. Observations importantes. Le directeur fournira tous les costumes, excepté les costumes de ville ; mais il ne jouera jamais que des pièces en bourgeois.

TOUS.

Hein ?

LUCIEN.

Ah ! c'est à prendre ou à laisser !

TOUTES.

Nous prenons !

LAHURY.

Nous prenons !

LUCIEN.

Autres observations ! Pour une répétition manquée, 893 fr. d'amende et un pain de sucre au directeur ; pour retard de deux secondes, le soir d'une représentation, 390 francs 22 centimes d'amende, six paquets de bougies et deux bocks.

TOUS.

Ah !

LAHURY.

Ah !

JULIENNE.

C'est salé ! au poivre !

LUCIEN.

C'est à prendre ou à laisser !... Je veux de l'exactitude et des bénéfices.

TOUTES.

Nous prenons !

LAHURY.

Nous prenons !

LUCIEN.

Vos engagements sont tous taillés sur le même patron ; ça vous va-t-il ?

TOUTES.

Oui, oui.

LUCIEN, leur donnant les engagements.

Signez ! (Les femmes signent sur le comptoir.)

LAHURY, à Lucien, descendant de son tabouret.

Monsieur n'a pas oublié le mien.

LUCIEN.

Toi ! je t'engage pour jouer les imbéciles.

LAHURY.

Oh ! vous verrez, monsieur, comme je serai nature.

AMÉLIE, zézéyant.

Et moi M. Lucien, mon engagement, s'il vous plaît ?

LUCIEN.

Vous, mon enfant... je ne sais si je dois... car vous comprenez !...

AMÉLIE.

Ze ne comprends pas !

LUCIEN.

C'est que vous avez un petit défaut de prononciation...

AMÉLIE.

Tiens... ça se voit donc ? (Tous rient.)

[illegible]

Non, pas [illegible], mais ça s'entend!

AMÉLIE.

Oh! ça disparaît quand ze zante!... Vous me ferez des rôles zantants, vous allez voir. (Chantant.)

Laissez les z'enfants à leurs mères!...
Laissez les rozes z'aux roziers!...

LUCIEN.

En effet, ça disparaît complètement. (A part.) Je ne lui ferai jouer que des zézayeuses. (Haut.) Je vous engage. (A Fidéline.) Quant à vous, ma chère Fidéline, nos intérêts sont trop étroitements liés pour que je vous fasse signer quoi que ce soit... D'ailleurs, je n'irais pas demander le consentement de votre tante! mais je vous remercie de n'avoir pas craint de me prêter le concours de votre intelligence pour ma pièce d'ouverture.

FIDÉLINE.

J'ai peut-être eu tort!

LUCIEN.

Le regrettez-vous?

FIDÉLINE.

Que dira ma tante lorsqu'elle me verra paraître sur un théâtre sans son consentement.

LUCIEN.

Nos succès la griseront, elle pardonnera facilement et vous laissera quitter les modes pour le théâtre. Ce sera déjà une victoire, la fortune fera le reste.

NOUNOUSSE.

Tout est signé.

LUCIEN, aux jeunes filles.

Vos boîtes d'accessoires, où sont-elles?

FIDÉLINE.

Dans l'antichambre, enfermées au fond d'une armoire dont voici la clef. (Elle tend une clef à Lucien.)

LUCIEN, prenant la clef.

Nous allons à nous trois enlever ça comme une plume; s'il reste quelque chose, Lahury s'en chargera.

LAHURY, avec emphase.

Maintenant que je suis comédien, je me charge de tout.

LUCIEN.

On fermera la boutique et on ira répéter pendant que madame Bongout est à Poissy.

TOUS.

Vive le théâtre!

LAHURAY.

Vive le théâtre!

FIDÉLINE.

AIR : *Ile des sirènes, champagne.* (G. Rose.)

I.

C'est le champ des nobles conquêtes,
Où, combattant au nom des arts,
On voit comédiens et poëtes
Déployer leurs fiers étendards!...
Du théâtre est grande l'histoire,
Talma s'y drapa dans la gloire,
Molière y fut un des premiers
Pour qui l'on tressa des lauriers!
Soyons fiers sous les étendards
Anoblis du théâtre;
Soyons fiers, sous les étendards
Où s'abritent les arts!...

TOUS.

Soyons fiers,
Etc. Etc.

FIDÉLINE.

II.

Le théâtre est de notre monde
Le fantôme de vérité!...
Sa voix toujours flagelle et fronde
Les travers de l'humanité,
C'est une lanterne magique,
Un diorama fantastique,
Où chacun de nous tour à tour
Montre l'homme et l'esprit du jour.

TOUS.

Soyons fiers,
Etc., etc.

NELLY.

III

Je vais y jouer les coquettes
Avec plaisir, avec bonheur.

NOUNOUSSE.

Moi, les cocott's, les femm's honnêtes.

PHILIDOR.

Moi les coquins!...

ALCIBIADE.

Moi, le sauveur!

FIDÉLINE.

Moi l'ingénu!

LUCIEN.

Moi, Mascarille!

LAHURY.

Moi, je vais faire l'imbécile;
En prenant ce beau rôle-là
Mon esprit enfin se verra!
Soyons fiers,
Etc, etc.

LUCIEN.

Maintenant, allons chercher les malles de ces demoiselles. (Ils sortent en reprenant le chœur.)

SCÈNE V

LAHURY, NOUNOUSSE, NELLY, FIDÉLINE, JULIENNE, AMÉLIE, puis PHILOCOME.

LAHURY.

Quel brave jeune homme! Comme artiste, il me rappelle Bocage! comme homme, il me rappelle ma mère!

NELLY.

Enfin, nous voilà donc des artistes!

FIDÉLINE.

Oui, mais que dira ma tante! J'ai peur maintenant.

NOUNOUSSE.

Elle ne vous mangera pas.

AIR : *Encore un carreau d'cassé.*

Ne tremblez pas, ça n'sra rien,
Contr'la peur, soyez forte.

NELLY.

Vous vous en trouverez bien.

AMÉLIE.

Ça s'ra passé demain!

FIDÉLINE.

Mais à présent, si je ferme la porte
Du magasin, que dira-t-on vraiment?...
Je sais très-bien, qu'en agissant d'la sorte
Je fais très-mal! Je crains un ouragan.

PHILICOME, au dehors.

Aïe! butor!.. (Une glace de la porte se brise, la porte s'ouvre violemment et Philocome, le chapeau défoncé, une valise et un parapluie aux mains, entre en scène et vient tomber comme une masse au milieu des jeunes filles qui reculent en poussant un cri.)

LES JEUNES FILLES.

Ah! (Continuant en chantant.)

Encore un carreau d'cassé,
Un homme enfonc'la porte!
C'est un carreau de cassé,
A Philocome qui se relève.
Monsieur, êt's-vous blessé?

PHILOCOME.

Ce n'est qu'un carreau d'cassé,
Mais, la secousse est forte,
C'est un carreau de cassé,

Se frottant les reins.

Mais, je n'suis pas blessé!

LAHURY.

Ah çà, dites donc, vieux grigou, vous avez une drôle de manière d'entrer dans les boutiques, vous?

PHILOCOME.

Pardon, excuse, mesdames; l'aquarium, s'il vous plaît?

TOUS.

Hein?

NELLY.

Plaît-il?

PHILOCOME.

Sans vous commander, j'ai eu l'honneur de vous demander l'aquarium de l'exposition?

TOUS.

L'aquarium?

NOUNOUSSE.

De l'exposition?..

AMÉLIE.

Il est fendu!

PHILOCOME.

L'aquarium est fendu?

NELLY.

Non, vous! Ah! ah! il vient de Charenton!

LAHURY.

Il faut vous faire soigner, ma vieille!

PHILOCOME.

Mais je ne suis pas malade.

LAHURY.

Oui! ils sont tous comme ça!.. on la connaît!.. des douches!.. ma vieille, des douches!..

PHILOCOME.

Des douches!.. mais, nom d'un petit bonhomme, je n'en finirai pas avec les tribulations!.. bousculades, carreaux cassés, reins... meurtris!.. et des douches, par-dessus le marché!... je suis dans un pays d'abrutis, d'ahuris...

LAHURY.

Pas de comparaison, monsieur!

PHILOCOME.

De Vandales, de Peaux-Rouges!..

TOUS.

Ah!

PHILOCOME.

Et vous croyez qu'il n'y a pas à en perdre la tête! J'y reviendrai à Paris, je l'en souhaite! (*Fausse sortie.*)

LAHURY, *l'arrêtant.*

Ah! monsieur est voyageur? monsieur vient se promener?

PHILOCOME.

Hélas, pour voir l'exposition et l'aquarium!..

TOUS, *riant.*

Ah! ah! ah!

PHILOCOME.

Oui, l'aquarium!

AIR : *Je pars déjà de toutes parts.*

Heureux, et le cœur tout joyeux
Je pars victorieux
De ma vieille Champagne;
Ici
Commence mon ennui,
En ch'min d'fer, sapristi!
La colique me gagne.
Crier,
Pour tout faire arrêter,
Il n'y faut pas compter;
Enfin, voici la gare!
Je descends du wagon
J'file viv'ment, mais on
M'arrête sans façon
Quelle chose bizarre!
L'employé
Me dit : D'contrebande
Votre malle est pleine, arrêtez!
C'est du lard, j'confisque, à l'amende!...
J'pay', voilà mon lard éventé!...
On m'talonne!
On m'chiffonne!
J'jur', je tonne!...
Un gamin!...
Quelle teigne!
M'flanque un beigne
Tout en m'appelant : Vieux serin!
Je passe alors je ne sais où,
C'est à devenir fou!
On me tire, on m'bouscule.
J'avise enfin un omnibus,
L'conducteur sur le d'sus
M'fait signe et gesticule.
Alors, j'veux courir, patatras!
Il s'trouve un embarras;
Qui m'fait faire un'pirouette!...
J'perds la boussole, et dam!
J'piqu'dans le macadam.
Près d'un certain quidam,
Une superbe tête.
Le quidam vient à ma rencontre,
Il me prend le bras gentiment;
Il me prend, même aussi, ma montre!
Ce n'est pas de chance, vraiment.
Chacun crie,
Je m'écrie!...
Superch'rie!...
Quelle horreur!
On s'arrête,
C'est trop bête,
On m'arrête,
En m'app'lant : voleur!
Enfin on m'lâche, je me dis :
Puisque j'suis,
A Paris,
Que l'aquarium m'amène;
A l'Exposition, partons,
P't'être nous la trouv'rons
Depuis lors, je m'promène,
Partout, évitant un horion
J'demand'l'Exposition.
On me rit au visage!...
D'puis longtemps c'est fini,
M'dit-on, vieil abruti!...
Bref, je suis ahuri.
De colère et de rage
J'tiens bon pourtant,
Et j'me dirige
Vers un Monsieur, tout en souriant.
L'aquarium, est-ce ici? lui dis-je;
Il m'répond : Crétin d'paysan!...
Il me pousse
Je le r'pousse
Vlan!...
J'entre ici tout cassant;
Sans qu'on m'gronde
Qu'on réponde :
Suis-je ou non
Au sein du poisson?
Où trouve-t-on
L'Exposition?
Répondez, nom de nom,
Ou de rage
J'enrage;
Dites-moi donc bien carrément
Si je suis à présent
Dans ce grand monument

REPRISE. TOUS.

Il cherche l'Exposition,
Le pauvre vieux garçon,
Et de rage
Il enrage;
Il ne sait pas certainement
Qu'il n'existe à présent
Rien de ce monument!

PHILOCOME.

Mesdames, je vous en prie, veuillez me dire...

SCÈNE VI.

(LES MÊMES, LUCIEN, PHILIDOR, ALCIBIADE, portant des paquets.)

LUCIEN, entrant.

Eh! bien, partons-nous, mesdemoiselles?

PHILOCOME, voyant Lucien et poussant un cri.

Ah!

LUCIEN, apercevant Philocome.

Oh!

PHILOCOME.

Mon neveu!

LUCIEN.

Mon oncle!

TOUS.

Son oncle?

LUCIEN.

Mon oncle à Paris!

PHILOCOME.

Mon neveu... chez des femmes!... (A part.) Seraient-ce des pieuvres? (Haut.) Me direz-vous, monsieur mon neveu, ce que vous faites céans?

LUCIEN.

Ma foi, mon oncle, je pourrais vous faire la même question.

PHILOCOME.

Ne la faites pas, je vais y répondre. Je viens pour voir l'exposition et vous surprendre.

LUCIEN.

Pour voir l'exposition. Eh bien, il est temps.

PHILOCOME.

Il est toujours temps pour un habitant de Gennepy-les-Coquelourdes, près de Cresson-les-Melons!

LUCIEN.

Mais, mon oncle...

PHILOCOME.

Silence! je suis suffisamment édifié, mon neveu!... Est-ce ainsi que vous suivez vos cours? Et mon argent?... ma bonne argent? La pension que je vous octroie tous les mois, où passe-t-elle?

LUCIEN.

Mais, mon oncle...

PHILOCOME.

Laissez-moi jeter mon feu! Ah! vous vous figuriez que je ne découvrirais jamais vos fredaines! vous vous disiez: mon vieux crétin d'oncle...

LUCIEN.

Oh!

PHILOCOME, continuant.

Vous vous le disiez!... il n'aura jamais la malice de s'assurer par lui-même si je travaille ou non... Erreur, monsieur, cent fois erreur!... votre vieux crétin d'oncle est venu à Paris, il a vu, il s'est convaincute, maintenant...

LUCIEN.

Et maintenant, me laisserez-vous parler?

PHILOCOME.

Qu'avez-vous à répondre?

LUCIEN.

Peu de chose! je suis ici dans l'exercice de mes fonctions.

PHILOCOME.

Turlurette!... vous ne me la ferez pas avaler, celle-là. Où est votre robe?... où est votre bonnet carré?

LUCIEN.

Je ne suis pas au palais... mais je viens chez ces dames m'entendre avec elles à l'amiable pour une cause à défendre.

TOUTES.

C'est vrai!

LES HOMMES.

Nous affirmons...

LAHURY.

Nous affirmons!

PHILOCOME, aux hommes.

Je ne vous demande pas l'heure qu'il est, à vous!... (A Lucien.) Et c'est ici que vous donnez des consultations?

LUCIEN.

Des...

PHILOCOME.

Répondez!... quelles causes défendez-vous? quels procès ces demoiselles peuvent-elles avoir à soutenir contre l'humanité?

NELLY.

Hélas, monsieur, je plaide en séparation.

PHILOCOME, à Nelly.

Votre séparation, ça ne me regarde pas, ce ne sont pas mes affaires!

PHILIDOR, ALCIBIADE.

Nous affirmons...

LAHURY.

Nous affirmons!

PHILOCOME, aux hommes.

Je ne vous demande pas l'heure qu'il est, à vous!

NOUNOUSSE, à Philocome.

Moi, monsieur, j'ai à défendre la mitoyenneté d'un mur dans ma propriété?

PHILOCOME.

Tiens! elle est gentille, celle-là!... ah! mademoiselle, ou madame a une mitoyenneté!

LUCIEN.

Et voyez, mon oncle, quel beau plaidoyer me donnent ces deux affaires dissemblables... En prenant la conséquence de l'une pour la conséquence de l'autre, j'établis une filiation de rapprochements ingénieux et je m'écrie en parlant aux juges, sur un air connu!

AIR : *M. Favart.*

Se marier, c'est d'la bêtise!
Ça vous détraque un peu l'esprit!
Le plus malin s'y crétinise,
Voilà l'effet toujours produit!
Ce n'est pas tout; en procédure,
Bientôt on dira, c'est certain;
Qu'ainsi que tout mur de clôture
La femme est un mur mitoyen } *bis.*

PHILOCOME.

Cette plaidoirie juste et concise apaise mon courroux... mais tes idées sur le conjungo cependant, lorsque tu me demandais à te marier?...

LUCIEN.

Je les possède plus que jamais, mais un avocat ne dit pas toujours ce qu'il pense!

PHILOCOME.

C'est juste!... le métier veut ça! (A Amélie.) Et mademoiselle plaide aussi?

AMÉLIE.

Oui, monsieur!...

PHILOCOME.

Vous avez perdu aussi?...

AMÉLIE.

Oui, monsieur!...

PHILIDOR, ALCIBIADE.

Nous affirmons!...

LAHURY.

Nous affirmons!...

PHILOCOME.

Mais sapristi de sapristi! je ne vous demande pas l'heure qu'il est à vous!... Si mademoiselle a perdu, elle retrouvera! ça ne me regarde pas, ce ne sont pas mes affaires!... (A Lucien.) J'aime à voir tes nobles ambitions; mais ça ne me fait pas voir l'exposition et je ne suis venu à Paris qu'avec cette idée!... Je veux bien te tendre la main, mais à la condition que tu me fourras la perche pour trouver l'aquarium, les mécaniques et tout ce qui s'ensuit.

LUCIEN, bas à ses amis.

Comment faire ?... voici l'heure de la répétition.

PHILOCOME.

Allons, monsieur mon neveu, j'attends que vous me conduisiez... !

LUCIEN.

Mais, mon oncle, l'exposition est finie depuis deux mois.

PHILOCOME.

Hein ! finie ?

LUCIEN.

Vous ne lisez donc pas les journaux ?

PHILOCOME.

Si, monsieur, deux fois par an, attendu qu'ils n'arrivent à Gennepy-les-Coquelourdes que tous les six mois. (On rit.)

LUCIEN.

Mais désabonnez-vous, alors !... l'exposition est finie, je vous le répète.

PHILOCOME.

Et on l'a fermée sans m'avertir ! C'est indigne ! c'est épouvantable !

LUCIEN.

Calmez-vous !... Je vous dédommagerai.

PHILOCOME.

Toi ?...

LUCIEN.

Je ferai défiler devant vos yeux toutes les merveilles de l'année.

PHILOCOME.

Il se pourrait ?

LUCIEN.

Oui.

PHILOCOME.

Bravo !... j'accepte... ma valise ?... (Il prend sa valise.)

LUCIEN, bas à ses amis.

Nous le ferons assister à la répétition de notre revue !

PHILOCOME.

Allons-y !

NOUNOUSSE.

Jouons de la fille de l'air.

PHILOCOME, surpris.

Quelle est cette expression ?

NELLY.

C'est le langage à la mode !... Vive le dictionnaire de langue verte ! et au canal, les gêneurs !

PHILOCOME.

Qu'est-ce que c'est que ça ?

NOUNOUSSE.

C'est esbouriffant !

NELLY.

Air : *Lâchez-moi donc l'coude, cocodès*

Lâchez-moi l'coude a fait son temps,
Va t'asseoir est vieux comme Hérode !
Pour se débarrasser des gens :
Au canal ! est l'mot à la mode !
C'est bref et c'est commode,
On leur dit : Tu m'fais mal ! } *bis.*
Au canal (*bis.*)
Mon cher, tu m'embêtes, au canal !

PHILOCOME.

Très-joli ! je le retiens pour le jour où j'irai dîner chez l'adjoint au maire de Gennepy-les-Coquelourdes.

LUCIEN.

En route, mon oncle !

REPRISE DU CHŒUR.

ACTE DEUXIÈME

TURBOT SAUCE DÉMOLITIONS

Deuxième Tableau

Un Jardin.

SCÈNE PREMIÈRE

LUCIEN, PHILOCOME, portant toujours sa valise.

LUCIEN, entrant.

Par ici, mon oncle, par ici !

PHILOCOME.

Où diable me mènes-tu, saperlipopette ?...

LUCIEN.

Dans le jardin de l'Étonnement ?...

PHILOCOME.

Eh bien ! il n'a pas inventé les chemins faciles, ton jardin de l'Étonnement... et ça m'étonne !... Des petits escaliers, des couloirs... des trappes !...

LUCIEN.

Les routes du progrès !

PHILOCOME.

Merci ! si le progrès n'a pas plus progressé que ça !... Et ce jardin ?... Mais c'est peint, tout ça ?... (Il examine les décors.)

LUCIEN.

Oui, c'est afin d'avoir de la verdure, même l'hiver !... On peint les jardins maintenant, au lieu de les planter d'arbres.

Air : *Un homme pour faire un tableau.*

On a peint à l'exposition
Des murs en pierr's, châteaux en briques
Tout est en toil', la construction...

PHILOCOME.

M'semble des plus économiques.

LUCIEN.

On peint des fleurs dans les jardins,
Des allé's au bout d' chaque allée.

PHILOCOME.

Par ces procédés surperfins
Voilà la nature enfoncée.

(Parlé.) Enfin ! ça fait gagner les badigeonneurs !

LUCIEN.

Maintenant, donnez-moi vingt sous.

PHILOCOME.

Comment, vingt sous ?...

LUCIEN.

Oui, votre entrée à l'Exposition.

PHILOCOME.

Mais puisqu'elle est finie !...

LUCIEN.

Je vous ai dit qu'elle allait renaître pour vous.

PHILOCOME.

Si j'y comprends quelque chose, je veux être pendu. Enfin, voici mes vingt sous. (Il lui donne un franc.) J'vais me figurer que je suis en plein été !

LUCIEN

Bien ! (A part.) Autant d'économisé !

—

SCÈNE II

PHILOCOME, LUCIEN, L'EXPOSITION.

L'EXPOSITION, *entrant.*

Où sont mes vingt sous?...

LUCIEN, *les lui donnant.*

Les voici! (*Bas.*) Tu me les rendras à l'entr'acte.

PHILOCOME, *lorgnant l'Exposition.*

Quelle jolie femme!... Vous vous appelez, madame?

L'EXPOSITION.

L'Exposition...

PHILOCOME.

Comment! vous êtes ce bâtiment?... Je ne vois pas votre tourniquet?

L'EXPOSITION.

Je ne suis point le monument lui-même, je le personnifie, et tout ce que tu verras ici sera personnifié... Ton neveu m'a fait prévenir de ton arrivée, et je reviens pour te guider et te montrer mes merveilles dans la personne des exposants eux-mêmes.

PHILOCOME, *à part.*

Pas mal, ce monument, je louerais bien quelque chose chez lui!...

L'EXPOSITION.

AIR : *Larmes du ciel ou de la terre* (*Roi de la lune*).

Chacun m'appelle Universelle;
Je suis de la création
La huitième grande merveille!...
Saluez l'Exposition!
Dans mes bras tout génie abonde
Avec son chef-d'œuvre inconnu;
Venant des quatre coins du monde
Car de mon sein rien n'est exclu.
Les peuplades les plus sauvages
Ont pour moi, traversé les mers,
Désertant leurs lointains rivages;
Je suis fille de l'Univers!
Ici, c'est le soleil de l'Inde,
On voit la Russie à coté;
Là, l'Égypte; plus loin, le Pinde!
Du globe rien n'est excepté!...
La France y marque bien sa place;
Noblesse oblige, nous dit-on :
Tous ses enfants de noble race
Savent illustrer son blason.
Tant que le monde sera monde,
On gardera mon souvenir;
J'ai plus de trésors que Golconde;
Du Progrès, je suis l'avenir!
J'ai tenu toutes mes promesses
Et je l'ai bien prouvé, je crois;
J'ai réuni tant de richesses,
Que j'en éblouissais les rois!...
Hélas! mes gloires éphémères
Finiront, car tout passe enfin!
Bientôt du pays des chimères
Il faudra prendre le chemin.
En partant, j'aurai l'espérance
De revenir un beau matin,
Je tiens à revoir cette France
Où chacun m'a tendu la main.
Mais quand reviendrai-je? On l'ignore;
Profitez donc de mon séjour,
Et je vous le répète encore :
Venez, ne fût-ce qu'un seul jour!
Chacun m'appelle Universelle,
Etc, etc.

PHILOCOME

Madame, vous être charmante et avec vous on peut...

SCÈNE III

LES MÊMES, LE RENSEIGNEMENT.

LE RENSEIGNEMENT.

Pardon, monsieur...

PHILOCOME, *saluant.*

Monsieur!...

RENSEIGNEMENT.

Monsieur, je m'appelle Renseignement, mon devoir est d'éclairer le public, et je crois qu'il ne peut que vous être agréable, ainsi qu'à lui, de savoir enfin quel est l'homme masqué.

PHILOCOME.

Ah! oui! franchement... je ne serais par fâché de le savoir.

RENSEIGNEMENT, *au public.*

L'homme masqué, messieurs n'a point, comme on pourrait le supposer, de ressemblance avec un singe!... Sa tête n'est pas une tête en bois!... Il est comme vous et comme moi... C'est un personnage de haut lieu qui porte un masque afin qu'on ne le reconnaisse pas. S'il ne le portait pas, on le reconnaîtrait... C'est tout simplement l'homme au masque de fer, qui s'est échappé de la Bastille. J'ai l'honneur de vous saluer. (*Il sort.*)

PHILOCOME.

Le Masque de fer, qui s'est échappé de la Bastille!...

LUCIEN.

Qui l'aurait cru, hein?... Ça n'est pas étonnant, s'il tombe tout le monde.

PHILOCOME.

Et dire que mon journal, que je ne lis que deux fois par an, n'avait pas trouvé ça, lui! Après tout, ça ne me regarde pas, ce ne sont pas mes affaires! Mais, est-ce que je vais traîner comme ça ma valise toute la journée?... Je demande un hôtel, avant de continuer notre excursion.

SCÈNE IV

PHILOCOME, LUCIEN, L'EXPOSITION, UN GARÇON D'HOTEL.

LE GARÇON.

Un hôtel, présent!...

PHILOCOME.

Ah! c'est un domestique!...

LE GARÇON.

L'hôtel demandé!

PHILOCOME.

On m'avait dit que, pendant l'Exposition, tous les hôtels étaient encombrés, et ce sont eux qui viennent au-devant des voyageurs.

L'HOTEL.

Oui. Vous avez besoin d'une chambre?

PHILOCOME, *tendant sa valise.*

Oui, monsieur... prenez ma valise.

L'HOTEL, *lui repoussant le bras.*

Désolé, monsieur, je ne puis vous recevoir.

PHILOCOME.

Pourquoi vous présentez-vous alors?

LUCIEN.

Par déférence et par politesse.

PHILOCOME.

Merci de la politesse! Il vient vous demander si vous voulez vous coucher, et il n'a pas de lit à vous donner...

L'HOTEL.

Impossible!

AIR : *Antiquaire savant.* (Sept Châteaux.)

Dans Paris,
Les taudis
Sont pris,
Sont archipris;
Croyez-moi, je le dis,
Pas de logis,
Oui, tout est pris!
Les étrangers chez nous viennent en foule,
Nous ne pouvons tous les loger... Oui dà!
Combien de gens, se mettent dans la boule
Qu'ils trouveront des meubles de c' nom-là!...
Dès qu'arrive le soir,
Aussitôt qu'il fait noir,
On les voit, sans espoir,
Se mettre en quête d'un dortoir.
En un clin d'œil, les bancs, les promenades

Sont envahis par tous les voyageurs;
Nos grands jardins, squares, nos esplanades,
Offrent à tous leurs gazons protecteurs.
On recherche les coins,
Les carrefours, les recoins;
Dans des niches à chiens,
On voit s'endormir les humains!
N'en doutez pas, le fait est bien notoire;
Dernièrement, système tout nouveau,
Un riche Anglais dormit dans sa baignoire
Tout aussi bien qu'une carpe dans l'eau.
Lorsqu'ils sont fatigués,
Craignant d'être écorchés,
D'autres, plus décidés
S' tiennent sur des arbres perchés.
Le lendemain, ils vont, pour se remettre
Se promener à l'Exposition;
Tournant autour de ce grand gazomètre,
Oubliant tout par l'admiration!
Dans Paris,
Etc., etc.

PHILOCOME.

Eh bien, nous voilà dans de beaux draps!... Non! c'est-à-dire que nous n'y sommes pas du tout, dans de beaux draps! (A l'Exposition.) Et c'est votre faute!...

L'EXPOSITION.

Je m'en vante!

LUCIEN.

Rassurez-vous! Il a voulu rire.

PHILOCOME.

Rire!...

L'HOTEL.

Oui, je vous ai chanté tout simplement le petit boniment en vogue, pour faire monter les actions des hôtels. Grâce à votre neveu, qui est un de mes amis, je vous logerai.

PHILOCOME.

Vrai!

L'HOTEL.

Ça ne vous coûtera que cent cinquante francs par jour, comme ami!

PHILOCOME.

Comme ami, cent cinquante francs, ce n'est pas trop cher. Alors, emportez ma valise. (Il la lui donne.) Faites préparer ma chambre et un bon dîner.

L'HOTEL, prêt à sortir, se ravisant.

Ah! un dîner!... Ça... c'est pour demain matin... déjeuner!

PHILOCOME, étourdi.

Pour demain matin... déjeuner?

L'HOTEL.

Oui. On a placé les abattoirs à trois lieues de Paris. Le temps d'aller, de revenir... Il faut commander son déjeuner la veille! Si vous demandez à déjeuner, vous ne serez servi qu'à dîner...

PHILOCOME.

Mais c'est épouvantable... On abat l'estomac des gens avec vos abattoirs à trois lieues de Paris!...

SCÈNE V

LES MÊMES, L'ABATTOIR.

L'ABATTOIR, entrant.

Qui parle de moi, l'Abattoir?...

PHILOCOME.

C'est moi qui en parle, sapristi!... Ça n'a pas le sens commun!... Aller se percher aux cinq cents diables pour laisser jeûner le pauvre monde.

L'ABATTOIR.

Ce n'est pas moi... c'est mon frère qui vous laisse jeûner...

PHILOCOME.

Votre frère est un pas grand'chose.

L'ABATTOIR.

Je le sais bien... Il est si bœuf! Moi, je suis le vieil Abattoir, celui qu'on a démoli! On a prétendu que j'empoisonnais le quartier. Que j'étais une des mauvaises odeurs de Paris!

PHILOCOME.

Ah! si vous empoisonniez le quartier, si vous étiez une des mauvaises odeurs de Paris!...

L'ABATTOIR.

On a armé une légion d'ouvriers, et la pioche a fait son œuvre!...

AIR : *des Dames de la Halle.*

Et l'on m'a réduit en poussière,
La pioche a causé mon trépas!
Mon abattoir est à bas,
Je ne suis plus rien, hélas!
De sang j'ai rougi ma carrière!...
Je n'étais pourtant pas méchant,
J'abritais tout en tuant
L' rire joyeux et le chant!
Grâce à moi, jamais de famine,
J'étais l'espoir de la cuisine.
Je vous abattais un mouton
En fredonnant une chanson!
Ah! que d'animaux, qui dà!
Expirèrent en ce temps-là!
J'ignore, messieurs, qui vous êtes,
Mais si je tuais encor' les bêtes
Vous n'' risqueriez rien de garantir vos têtes.

ENSEMBLE.

Elle ignore ici qui vous êtes,
Si son bras tuait encor les bêtes,
Vous n' risqueriez rien de garantir vos têtes.

PHILOCOME.

Ceux qui vous ont démoli, ont bien fait, sapristi!... votre voisinage m'aurait été aussi désagréable qu'à tout le monde.

L'ABATTOIR.

Vous ne me plaignez pas?... Je dirai à mon grand frère qu'il vous donne de la vache pour du bœuf.

L'EXPOSITION.

Je crois la recommandation inutile.

L'ABATTOIR.

L'habitude est une seconde nature! Enfin, si encore on avait mis à ma place quelque chose de bon.

SCÈNE VI

LES MÊMES, L'ÉCOLE TURGOT.

L'ÉCOLE, entrant.

Quelque chose de bon! On m'insulte ici!

PHILOCOME.

Ah! un employé des petites voitures.

LUCIEN.

Non, mon oncle, un collégien, l'École Turgot!

PHILOCOME.

Une école?

L'ÉCOLE.

Une porte ouverte à l'intelligence, dont les ressources pécuniaires ne peuvent lui permettre d'aller s'asseoir sur les bancs des grands collèges. L'École des Arts, du Commerce et de l'Industrie, tendant la main aux fils de l'ouvrier! Le chemin de la gloire... la route de la fortune!...

LUCIEN.

Et cela vaut bien l'abattoir, je crois...

L'ÉCOLE.

Je l'espère!...

L'ABATTOIR.

C'est un usurpateur!...

L'ÉCOLE.

Je suis fils du progrès! Tu tues!... Moi, je fais vivre.

AIR : *J'ai vu le Parnasse des dames.*

J'ai créé, l'on sait, plus d'un livre!

L'ABATTOIR.

Moi, j'ai créé le fin convert!

L'ÉCOLE.

C'est la science qui fait vivre!

L'ABATTOIR.

Témoin, le poète Gilbert!

L'ÉCOLE.

Oui, mon pays m'est redevable
De grands noms!...

L'ABATTOIR.

Ah! tu me fais mal!...
Si j'fais mourir, moi, par la table;
Toi, tu mènes à l'hôpital! } *bis.*

LUCIEN.

Vous avez beau dire!... Vous ne pouvez nier l'instruction!...

L'EXPOSITION.

Ni détester l'intelligence!

L'ABATTOIR.

A quoi que ça sert?

L'ÉCOLE.

A savoir comparer le bon et le mauvais!... A peupler notre monde de génies bienfaisants, d'hommes illustres, qui vous donnent des lois pour vous empêcher de rentrer dans le néant d'où vous êtes sorti. Lois physiques, lois morales... Enseignement de l'humanité... A quoi sert l'instruction?... A prouver que vous faisiez tache au milieu de Paris.

PHILOCOME.

Et de plus, à comprendre les articles du *Petit Journal*.

L'ABATTOIR.

Je ne suis pas convaincu!

L'ÉCOLE.

Comme tous les gens bouchés!

PHILOCOME.

Moi, je tends la main à l'École Turgot. (*Cris.*) Qu'est-ce que c'est que ça?

L'EXPOSITION.

Le Marché aux Fleurs, la place du Château-d'Eau.

LUCIEN.

Et le boulevard du Temple.

L'ABATTOIR.

Des gêneurs! Je me sauve!

L'ÉCOLE.

Moi aussi.

L'HOTEL.

Moi, je vais préparer votre déjeuner pour dîner!...

PHILOCOME.

Pressez-le, hein!... Au revoir! (*L'Abattoir, l'Hôtel et l'École sortent.*)

SCÈNE VII

L'EXPOSITION, PHILOCOME, LUCIEN, LE CHATEAU D'EAU, LE MARCHÉ AUX FLEURS, LE BOULEVARD DU TEMPLE.

AIR : *Ile des Sirènes*

Ah! c'est vraiment épouvantable!
Nous traiter ainsi, nom de nom!
Repoussons la pioche exécrable!
Nous démolissant sans façon.

Ils pleurent.

PHILOCOME.

Ah! quelles fontaines!...

LE CHATEAU D'EAU.

Ne raillez pas, monsieur... ma fontaine n'existe plus!... On a mis le pic dans mes côtes de granit.

LE MARCHÉ AUX FLEURS.

Mon commerce est défleuri.

PHILOCOME.

Votre commerce!...

LUCIEN.

C'est le Marché aux Fleurs!...

LE MARCHÉ AUX FLEURS.

AIR *nouveau de M. J. Javelot.*

I

Et pour charmer toute pratique
En parfumant les jeunes cœurs,
On peut v'nir dans notre boutique
J'ai mis à la mode des fleurs,
Des fleurs de toutes les couleurs!
Pour les gandins, maigres, fluets,
J'ai mille bottes de muguets;
Choisissez œillets, tubéreuse,
J'ai de côté pour la danseuse
Un tas de tulipe orageuse,
Et pour le bambin tout petit
Je réserve le pissenlit.

PHILOCOME.

Le pissenlit!... moi, je ne l'aime qu'à l'huile et au vinaigre.

LE MARCHÉ AUX FLEURS.

II

Je vends à la jeune fillette
Le myosotis, ce doux ami
De la timide violette,
Mais je sais garder le souci
Pour le sot amoureux transi.
J'ai la rose pour les amants,
L'œillet d'Inde pour les amants.
J'ai la girofle' pour les bonnes,
Pour les veuves des anémones,
Pour les rosières des couronnes,
Enfin, j'ai, sans rien oublier,
L'immortelle pour le troupier.

PHILOCOME.

Vrai! vous sentez bon; vous me plaisez!... Sens donc, mon neveu, comme elle sent bon!

LE MARCHÉ AUX FLEURS.

Oui, mais mon Marché aux Fleurs est disparu!...

LE BOULEVARD DU TEMPLE.

Et mon pauvre boulevard!... un margouillis sans nom!... On me creuse, on me fouille!... On me martelle, on me pioche dans le dos, dans l'estomac, dans les genoux, dans les bras, dans les jambes!... Où va-t-on s'arrêter?...

PHILOCOME.

Ah! vous êtes le Boulevard du Temple, vous?...

LE BOULEVARD DU TEMPLE.

Hélas!... Je ne le suis plus!...

PHILOCOME.

Mais, sapristi de sapristi!... Vous l'êtes plus que jamais!... de quoi vous plaignez-vous?... On vous rarrange, on vous gratte!...

LE BOULEVARD DU TEMPLE.

Ça ne me démangeait pas tant que ça!... Trop gratter cuit!... et je le suis!... Je m'aimais mieux autrefois; je ne suis plus rien, qu'une ombre!... On a commencé par m'ôter mes joies, mes théâtres, mes arbres... J'ai perdu la tête!... On m'a tout enlevé, mes rats, même mes types. Ah! monsieur, depuis les chemins de fer, je suis poitrinaire. Allez!...

AIR : *Bague de Thérèse.* (Camille Michel.)

Avec les chemins de fer,
Le télégraphe électrique,
Le nouveau Paris ouvert
Trafique,
Et l'ancien se perd.
Courant du nord au midi!
Le Parisien commerce,
Il est en Chine, au Chili,
En Perse,
Au Mississipi!
Et Paris voit des Indiens,
Des grands d'Espagne
Et d'Allemagne,
Des Anglais, des Autrichiens!
Tout hormis des Parisiens!
Adieu nos types anciens.

La marchande d' gâteaux d' Nanterre,
Le vendeur et l' tondeur de chiens!..
La belle limonadière,
L' marchand d' feu, l'él'veur d'oiseaux,
Vrais types d'Eugène Sue,
Le fabricant d'asticots,
La loueuse de sangsue!
Adieu, l'él'veur de fourmis
Et le marchand d' crépinettes!
Vous-mêmes, marchands d'habits,
N'êtes
Plus rien dans Paris!
Adieu l' marchand d' mort aux rats,
Même adieu les vendeurs d'hommes!
L'exterminateur de chats,
Les pommes
A deux sous l' tas!
L' fabricant de crêt's de coq,
De ces types,
A bas les nippes!
Faut renoncer en bloc
Au Paris de Paul de Kock.
Certes le Paris nouveau
Est plus grand, plus magnifique,
Mais il est moins rigolo,
Moins curieux et moins typique.
Des Bobêch's, des Galimafré,
On ne suivra plus l'exemple!
Tout, hélas! est enterré
Sous le boul'vard du Temple!..

REPRISE.

Avec les chemins de fer,
Etc., etc.

PHILOCOME.

Voyons! voyons!... pas tant de plaintes, ces types-là reviendront un jour.

LE BOULEVARD DU TEMPLE.

Jamais!... mes beaux jours sont passés.

LE CHATEAU D'EAU.

Comme les miens! Mon pauvre Château d'Eau... est mort!... ma fontaine est cassée!... mon jet est à l'eau!...

PHILOCOME.

Un jet d'eau ne peut être qu'à cela!

LE CHATEAU D'EAU.

Hélas!... il n'y est même plus!... On a fermé mes robinets! mon bassin a reçu le coup du lapin! Mes lions, où vont-ils aller, abattus?

PHILOCOME.

A Batty!

LUCIEN.

A la Porte-Saint-Martin.

LE CHATEAU D'EAU.

Vous osez railler?... Je suis une pauvre place sans place! A quelle place replacera-t-on ma place?... Je quitte mon quartier!... Que vont devenir mes militaires?...

AIR *de la Retraite.*

Ah! j'en ai des gémissements,
Des frissons et des sanglots touchants.
On a cassé mes ornements,
Joujoux des bonn's et des enfants!
Grisettes, baronnes,
Chez moi se donnaient rendez-vous!...
Nourrices et bonnes,
Employés, pioupous!...
On a décidé mon trépas!
Mon jet continu ne va plus, hélas!...
Tout en portant ailleurs mes pas,
Je murmure en pleurant tout bas.

AIR : *Les bonn's d'enfants.*

Mes bonn's d'enfants
Et mes beaux militaires
N'ont plus mes pierres
Pour graver leurs serments!...
Si les bonn's d'enfants
N' peuv'nt plus avec les militaires
S'asseoir sur mes pierres,
Plus d'amants
Pour les bonn's d'enfants!

AIR : *Du Turco.*

Je m' vois l'été
Avant que la retraite,
Par sa trompette
Ait rallié
Les troupiers en gaîté,
A la clarté
D'un' lumière discrète!
Je lançais sur leur tête
Mon jet diapré
D' mille feux irisé.

AIR *de la Casquette.*

Puis d'un coup
De baguette,
Sur sa caisse, la retraite,
Murmurait au tourlourou :
Grenadier, fais tes adieux,
Donne un dernier sourire!...
Pour toi, c'est, il faut le dire,
L'extinction des feux.

REPRISE.

AIR *de la Retraite.*

Ah! j'en ai des gémissements!
Etc., etc.

TOUS.

Elle en a des gémissements!
Etc., etc.

PHILOCOME.

Enfin, oui, vous êtes une place sans place!... Mais cependant votre place existe encore.

LE CHATEAU D'EAU.

Sans fontaine, je coulerai de mauvais jours!

PHILOCOME.

Ah!.. votre place est sans fontaine?.. On mange bien des perdrix sans oranges!..

LE MARCHÉ AUX FLEURS.

Oui, mais on ne peut refaire le Château d'Eau sans marché aux fleurs... Si on refait le marché aux fleurs sans fontaine, qu'est-ce que je deviendrai, moi?.. le Marché aux Fleurs?..

PHILOCOME.

Ce que vous deviendrez, vous?.. On vous enverra autre part, sans fontaine.

LE BOULEVARD DU TEMPLE.

Vous ne pleurez ni sur mes décombres, ni sur ma douleur?...

PHILOCOME.

Jamais!... Ça mouillerait mon mouchoir!...

LE BOULEVARD DU TEMPLE.

Mais, j'ai perdu mon pauvre Jacques!...

LE CHATEAU D'EAU.

Mon bouillon Duval!...

PHILOCOME.

C'est le bouillon Duval qui vous a perdu!... tant mieux pour les consommateurs!...

SCÈNE VIII

LES MÊMES, LA NOUVELLE PLACE DU CHATEAU D'EAU.

LA NOUVELLE PLACE.

Oui, mais, je reviendrai, moi!...

TOUS.

Hein?

LA NOUVELLE PLACE.

Moi! la nouvelle place du Château d'Eau!...

TOUS.

Elle!...

LA NOUVELLE PLACE.

C'est pour moi qu'on a tout fouillé, tout démoli!... ma

sœur était bancale, on l'envoie aux Incurables, c'est bien fait!

LUCIEN.

Fallait pas qu'elle y aille!...

PHILOCOME.

Mais ce ne sont que des démolitions tout ça!

LA NOUVELLE PLACE.

Démolir, pour reconstruire, reconstruire, pour redémolir, c'est toujours travailler!... Nous sommes les champs du travail?

PHILOCOME.

Trop de coups de pioche?

AIR *de l'Apothicaire.*

Voulez-vous que, sans barguiner,
Je parle avec âme et conscience;
Bientôt l'on n' pourra plus s' coucher,
Dans la capital' de la France;
On a démoli tellement
Que l'on verra, je le parie,
Les dam's offrir un logement
Aux messieurs que l'on exproprie. } *bis.*

LUCIEN.

Mon oncle, vous dites des bêtises?...

LA NOUVELLE PLACE

Grosses comme lui!... En démolissant pour me faire, on a reconstruit, agrandi, enjolivé, reparé!... Ne suis-je pas entourée de magnificences... Ma caserne sur mon flanc gauche avec les Magasins réunis...

LUCIEN.

Qu'on réunira par un pont volant à la caserne du prince Eugène.

PHILOCOME.

Toujours l'épargne par la dépense!...

LA NOUVELLE PLACE.

Ne m'interrompez pas : La rue du Temple sur mon flanc droit!... Le boulevard du Prince Eugène, ma jambe gauche! Le boulevard du Temple, ma jambe droite! Mon bras droit, le boulevard Saint-Martin. Le boulevard Magenta mon bras gauche et la rue du Château d'Eau sur ma tête; sans compter les mille agréments dont on m'a dotée. Des voies larges, spacieuses, splendides, venant toutes se relier à un centre, où va se dresser une fontaine superbe entourée de fleurs, de squares et de becs de gaz! Mais tout cela, c'est le progrès qui marche!

PHILOCOME.

Est-ce bien nécessaire?

LUCIEN.

Ah! mon oncle! pouvez-vous parler ainsi?...

PHILOCOME.

Pourquoi pas?

LA NOUVELLE PLACE.

Quand, au lieu de masures noires, infectes et croulantes, on vous donne des places vastes, élégantes! Est-ce bien nécessaire dites-vous? Oui, c'est nécessaire. C'est le progrès qui marche? Laissez-le passer!... Paris deviendra l'Eden de l'univers.

AIR : *Si je pouvais m'élever jusqu'au Pinde!*

Non, ce n'est pas assez d'une semaine,
Pour admirer ses splendeurs, ici-bas!...
Vanter Paris, c'est presque une rengaine,
Mais bah! qu'importe? on ne s'en lasse pas!
Quand les palais surgissent des décombres,
Quand du progrès le pic audacieux
Fouille la ville et de ruelles sombres
Fait tout à coup des chemins spacieux.
Quand le soleil, profitant du passage,
Vient réchauffer d'un lumineux rayon
Des gens surpris qui, jusque-là, je gage,
Le connaissaient... de réputation!...
Quand l'industrie et l'art ont même lustre,
Quand l'équité fait à chacun sa part,
De l'atelier, quand un nom sort illustre
Pour baptiser un nouveau boulevard.
De l'inconnu quand le savant se joue,
Quand la pensée au vol précipité,
Franchit d'un bond les mondes et les noue
Avec les fils de l'électricité!
Voici comment on comprend ce mystère :
C'est un lutin venu du Génistan,
Qui, pour créer ces miracles sur terre,
Au chef français prêta son talisman.
Pleurez, vieillards, pleurez sur la poussière
De vos vieux murs sous le marteau tombés!
Mères, riez aux torrents de lumière
Du square en fleurs où dansent vos bébés!
Raillant du guet la race disparue,
De jour, de nuit, trottant du même pas,
Le passant trouve à chaque angle de rue
De vrais guetteurs qui ne s'endorment pas.
Sous le trottoir le ruisseau se dérobe,
Et les piétons marchent à sec... ah! dam!
C'est qu'en rasant le pavé, chaque robe
Traîne après soi sa part de macadam.
Quand de la nuit, le gaz perce les voiles
De tant de feux, on penserait, le soir,
Du firmament, voir les milliers d'étoiles
Se refléter en bas dans un miroir!
Non, ce n'est point assez d'une semaine...
Etc., etc.

LE CHATEAU D'EAU.

Elle a raison!... et je lui pardonne de m'avoir enterré à son profit.

LE BOULEVARD DU TEMPLE

Il me semble qu'elle me rajeunit. La paix est faite.

PHILOCOME.

La paix est faite, tant mieux. Vous agrandissez Paris, tant mieux, mais va-t-on enfin balayer le macadam.

LA NOUVELLE PLACE.

On va l'envoyer en Chine faire des études de mœurs...

SCÈNE IX

LES MÊMES, LE MACADAM, puis LE PAVÉ.

LE MACADAM, entrant.

En Chine! qui dit cela?

TOUS.

Lui!

LE BOULEVART.

Gare aux éclaboussures!...

LE MACADAM.

Le Macadam ne tache pas!...

PHILOCOME.

Le Macadam!...

LE MACADAM.

Oui! je suis venu de Londres à Paris, où je me suis fait naturaliser. La France est mon pays, et vous venez de dire que je passe ou que je veux passer... en Chine! vous mentez! Vous me perdez de réputation!... J'abandonnerais Paris?... les pantalons, les bottes, les robes, les voitures françaises?... J'irais porter ma crotte ailleurs?... Allons donc, monsieur!... Ma crotte ne changera pas de patrie!... C'est un pavé que vous me lancez à la tête!...

Un gros pavé sort de terre.

LE PAVÉ.

Le Pavé!... J'y suis?...

LE MACADAM, reculant.

Lui!...

LE PAVÉ.

Moi! Ah! ça te gêne!...

LE MACADAM.

Va-t-en!... va-t-en!...

LE PAVÉ.

Jamais!... Je sors de ma tombe pour te chasser, vil margouillis! Depuis vingt ans tu m'as tenu sous ta boue noire et nauséabonde, je reviens pavé... pour t'anéantir et les Parisiens m'en sauront gré.

PHILOCOME.

Voyons, voyons, vous revenez... ça se voit... Est-ce pour paver nos rues?..

LE PAVÉ.

Oui... pour renvoyer ce boueux dans son pays de brouillard!...

LE MACADAM.

Tu parles bien haut. Je suis encore debout, mon maître!...

LE PAVÉ.

Toujours de boue! Ton délayage tachant, c'est l'image du monde fangeux, vivant au milieu du monde honnête!

AIR *nouveau* de M. Jules Javelot.

Cette fille qu'on rencontre,
Vous lançant de doux regards;
Celle en passant qui vous montre...
Ses jambes, sur les boul'vards!...
Macadam!
Macadam!
Ce n'est que du macadam!
On doit la traiter, ah! dam!
Comme on trait' le macadam!

TOUS.

Macadam!... etc.

L'EXPOSITION.

Ces crevés dont la fortune
Passe aux mains des Danaé;
Ces gens qui font à la lune
Des trous pour des Aglaé...

TOUS.

Macadam!
Etc., etc.

LUCIEN.

Ces gens qui font de l'usure
Un temple pernicieux
Où tout vice se procure
L'or à des taux odieux!

TOUS.

Macadam!
Etc., etc.

LA NOUVELLE PLACE.

Ces gens dont la conscience
Souple comme caoutchouc,
Crient le matin: Viv' la France!
Et l' soir ne crient plus du tout!

TOUS.

Macadam!
Etc., etc.

LE CHATEAU D'EAU.

Ces gens prônant leur courage
Et qui, devant un fleuret,
R'culent, pâlissant de rage,
En encaissant un soufflet!

TOUS.

Macadam!
Etc., etc.

LE BOULEVARD DU TEMPLE.

Les grands faiseurs de réclames,
Les princ's du lorgnon dans l'œil,
Les sottes petit's dames,
Ces prêtresses de l'orgueil!

TOUS.

Macadam!
Etc., etc.

LE MACADAM.

Comme un chien dans un jeu d' siam,
Vous recevez l' macadam!
Sans lui vous n' pourriez, goddam!
Voir les jambes des petit's dam's,
Macadam!
Macadam!
Oui, grâce à mon macadam,
On peut admirer, goddam!
Les petit's jambes des p'tit's dam's.

TOUS.

Macadam! etc.

PHILOCOME.

Les petites jambes des petites dames, ne me regardent pas, ce ne sont pas mes affaires... mais je crie: A bas le macadam et vive le pavé!

AIR *du Luth galant.*

Je vote ici le retour du pavé!
Pavé, pave Paris, partout par ton pavé;
Chaque coin dépavé, vite qu'on le repave.
Car, en le repavant, on dira: Si je pave,
Le macadam pavé sera sur le pavé!

LE PAVÉ.

Mon règne recommence!... (Il disparaît.)

PHILOCOME.

Tant mieux!... pour les chevaux d'omnibus!

LE MACADAM.

Je me glisserai entre ses fentes?... (Il sort.)

PHILOCOME.

Tant pis pour nos pantalons! (Cris au dehors.) Ah! encore des gémissements!...

SCÈNE XI

PHILOCOME, LUCIEN, L'EXPOSITION, LE TROCADÉRO, LE FEU D'ARTIFICE, LA FLAMME DE BENGALE.

(Tous trois entrent en pleurant.)

AIR *de M. J. Javelot.*

Ah! ah! ah! ah!
Pitié pour nos larmes (*bis.*)
Et pour nos alarmes,
Ah! ah! ah! ah!
Ah! quel triste sort! (*bis.*)
Vraiment, je suis mort!
Oui, vraiment je suis mort!

PHILOCOME.

Non, non... assez... Ne larmoyez plus!... Je crains le débordement des ruisseaux!...

LE TROCADÉRO.

Mais on a aplati mon Trocadéro, monsieur!...

PHILOCOME.

Ah! fichtre! ah! bigre!... On a aplati votre Trocadéro! Sapristi! mais où prenez-vous votre Trocadéro, madame?...

LE TROCADÉRO.

Où je le prends?... mais où il est?...

PHILOCOME.

Oui! mais où est-il?...

LE TROCADÉRO.

Sur une butte, devant un fleuve et le Champ-de-Mars... sur la chute de Passy, en face du puits Artésien.

PHILOCOME.

Ah! bien jolie vue!

LE TROCADÉRO.

Plus maintenant! Plat, replat. On a rasé mes buttes d'où je dominais tout, les rives de la Seine et les évolutions militaires... J'ai perdu mes vues, mes petites guerres et mon feu d'artifice. La mine s'est glissée dans mes flancs et m'a fait éclater... Tout ce qui me reste, c'est une mauvaise mine. (Prenant le Feu d'artifice et la Flamme de Bengale par la main.) Mes amis m'ont quittée pour toujours.

TOUS.

Vos amis?

LE TROCADÉRO.

Le Feu d'artifice et la Flamme de Bengale!... On les a chassés, eux que je protégais... dont la vie était la mienne! Deux amoureux que je chérissais, que j'adorais, car j'avais vu naître leur amour.

PHILOCOME.

Deux amoureux?...

LE FEU D'ARTIFICE.

Je lui ai donné mon cœur.

LA FLAMME.

Je lui ai donné ma flamme!

PHILOCOME.

Tiens! Ils me ravigotent ces deux-là!... Racontez-nous

Comment est né votre amour!... Ça me fera plaisir, jeunes gens!

LA FLAMME DE BENGALE.

Ah! je veux bien!

LE FEU D'ARTIFICE.

Moi aussi... allons-y... Boum!...

Air nouveau de *M. J. Javelot.*

I

Brillant Feu d'artifice,

BENGALE.

Flamme au cœur plein d'ardeur,

LE FEU D'ARTIFICE.

J' lui f'sais l'œil en coulisse,

BENGALE.

J' lui f'sais la bouche en cœur!

LE FEU D'ARTIFICE.

Je rencontrai cette chatte.

BENGALE.

Sur l' flanc du Trocadéro,

LE FEU D'ARTIFICE.

Près d'ell' ma passion éclate,

BENGALE.

Et moi j' pris feu subito!

ENSEMBLE.

Depuis lors, amoroso,
Tous deux
En amorosa
Du Troca
Déro,
Nous chantons l'amoureux duo!

TOUS, imitant le bruit du feu d'artifice.

Ta, ta, ta, ta, ta, ta, ta, ta,
Depuis lors, amoroso,
Tous deux
En amorosa
Du Troca
Déro
Ils chantent l'amoureux duo!

II

LE FEU D'ARTIFICE.

Tant qu' durèrent nos flammes,

BENGALE.

Nous fûmes bien heureux!

LE FEU D'ARTIFICE.

Confondant nos deux âmes,

BENGALE.

En éclairs amoureux.

LE FEU D'ARTIFICE.

Après nos feux tête basse,
Nous partîmes...

BENGALE.

Piano.

LE FEU D'ARTIFICE.

J'entends encor' dans l'espace,

BENGALE.

Nos baisers r'dits par l'écho!...

(On imite le bruit d'un baiser.)

ENSEMBLE.

Depuis lors, amoroso,
Etc., etc.

III

LE FEU D'ARTIFICE.

Depuis, c'est ma compagne.

BENGALE.

Moi, je n'aime que lui.

LE FEU D'ARTIFICE.

Toujours ell' m'accompagne,

BENGALE.

Je fuis vite s'il fuit!

LE FEU D'ARTIFICE.

Notre amour que rien n'altère,

BENGALE.

En bouquet, va crescendo!

LE FEU D'ARTIFICE.

Il illumine la terre.

BENGALE.

C'est un bruyant concerto!

ENSEMBLE.

Depuis lors, amoroso,
Etc., etc.

PHILOCOME.

Ah! ils sont ravissants!

TROCADÉRO.

Et on me les enlève!

PHILOCOME.

Ça n'est pas bien, mais ça m'est égal!... Ce ne sont pas mes affaires!... (A l'Exposition.) Nous faites-vous admirer autre chose?

L'EXPOSITION.

Je vais vous conduire chez le Chic.

PHILOCOME.

Chez le chic?

LUCIEN.

Suivez-moi, mon oncle.

LE FEU D'ARTIFICE, LA FLAMME.

Mais nous, on nous abandonne!...

LUCIEN.

Nous irons vous voir Esplanade des Invalides...

LE TROCADÉRO.

Je reste seul!...

TOUS.

Une... deux... trois!...

LE TROCADÉRO.

Avec mon déshonneur!...

PHILOCOME.

Mon neveu, je t'attends.

LUCIEN.

Nous allons prendre l'omnibus!...

SCÈNE XII

LES MÊMES, L'OMNIBUS.

L'OMNIBUS, entrant.

Présent... Les voyageurs pour l'Exposition!

PHILOCOME.

Un numéro!...

L'OMNIBUS.

66,666! Complet!

LUCIEN.

Une tapissière!...

L'OMNIBUS.

Complet!

PHILOCOME.

Une citadine!

L'OMNIBUS.

Complet!

LUCIEN.

Une voiture de déménagement!

L'OMNIBUS.

Complet!

PHILOCOME.

Toujours complet ?...

L'OMNIBUS.

Toujours complet!... Les voyageurs pour l'Exposition.

AIR : *Final de la Revue au quatrième étage.*

Complet! complet! toujours complet,
Cette devise est pour chaque voiture;
Tant pis si le picton murmure,
Cette devise me botte et me plaît!

PHILOCOME.

Si l'on ne peut chez vous monter, en somme,
Pourquoi crier : J' pars pour l'Exposition.

L'OMNIBUS.

C'est l'habitud' voyez-vous, mon bonhomme,
Dit's-vous, c' cri-là, c'est un' blague sans nom!
Complet! complet! toujours complet!
Cette devise est pour chaque voiture,
Je voudrais qu'aussi la nature,
Admît ce cri qui me botte et me plaît!...
Jeunes tendrons, esprits pleins d'innocence,
Quand des galants voudront pour leurs amours,
Dans votre cœur prendre un' correspondance,
Ayez le soin de répondre toujours :

TOUS.

Complet, etc.

LUCIEN.

En temps de paix si le soldat s'absente
Du régiment, il n' faut pas plaisanter,
Qu' la bataill' vienn', sa voix toujours présente
Aux ennemis saura bien répéter :

TOUS.

Complet, etc.

PHILOCOME.

Alors, marchons à pied! et allons voir le Chic.

REPRISE DU CHŒUR

Troisième Tableau

POINTES DE CHIC A LA CRÈME PARISIENNE

Un salon élégant. Canapé guéridon, fauteuils, chaises. Porte au fond. Psyché à gauche.

SCÈNE PREMIÈRE

UN DOMESTIQUE.

Au lever du rideau, un domestique vêtu d'un façon excentrique, est nonchalamment étendu dans un fauteuil, le coude appuyé sur le guéridon. Il tient un journal ayant pour titre écrit en gros caractères : LA MODE.

LE DOMESTIQUE, lisant.

La Mode parle de remplacer le suivez-moi jeune homme par une queue jaune filasse adaptée aux chignons des dames, et que l'on nommerait : Emboîte-moi donc le pas! Cette dernière mode aurait l'immense avantage de dépeindre d'une façon plus énergique le caractère de la personne qui s'en serait parée. Emboîtez-moi donc le pas serait en effet plus caractéristique que suivez-moi jeune homme! (A lui-même.) Voilà une feuille intéressante, ah! je comprends qu'on s'y abonne.

AIR :

Ah! quel intéressant journal
Que celui qui donne la mode,
De son esprit original
Le siècle consulte le code.
Par lui nos gandins élégants
D'leurs corps font d'étroit's carapaces;
Leurs pantalons sont si collants
Que s'ils craquaient!... dam! les passants
Verraient des hommes à deux faces. (*bis.*)

Et ce serait, je crois, le dernier mot du chic.

SCÈNE II

LE DOMESTIQUE, LA MODE. Elle porte une toilette excentrique et elle tient à la main une palette et des pinceaux.

LA MODE, entrant.

Jasmin!

LE DOMESTIQUE.

Médème!

LA MODE.

A-t-on apporté mes pommades *œil crevé*.

LE DOMESTIQUE.

Oui, médème!

LA MODE.

Mes cosmétiques *Biche au bois*, mes savons *Peau-d'âne* et et mes pâtes *Grande Duchesse*?

LE DOMESTIQUE.

Oui, médème!

LA MODE.

C'est bien, laissez-moi.

LE DOMESTIQUE.

Je sors, médème!

LA MODE.

S'il vient des visites... faites entrer.

LE DOMESTIQUE.

Avec le chic qui me caractérise, oui, médème! (Il sort.)

SCÈNE III

LA MODE, puis LUCIEN et PHILOCOME.

LA MODE s'asseyant, prenant un pinceau arrangeant des couleurs sur sa palette.

Voyons, quelle couleur prendrai-je aujourd'hui pour la figure des femmes! Dieu que c'est embarrassant! (Philocome entre et s'arrête en voyant la Mode. Philocome est vêtu d'une façon excentrique.)

PHILOCOME, à Lucien qui le suit.

Une dame! dis donc, mon neveu, est-ce que nous ne sommes pas indiscrets?

LUCIEN.

On n'est jamais indiscret quand on entre chez la Mode.

PHILOCOME, entrant.

Oh! alors!... (Remuant les bras.) Pristi! que ça me gêne dans les entournures!

LUCIEN.

Vous vous y ferez!

PHILOCOME.

Je ne crois pas!... (Regardant ce que fait la Mode.) Tiens! des pinceaux! des couleurs! c'est une artiste.

LA MODE, à elle-même sans le voir.

Prendrai-je le bleu?... prendrai-je le rouge?

PHILOCOME.

Elle est embarrassée!... mais que peint-elle donc!... je ne vois ni toile, ni chevalet.

LA MODE, se retournant.

Quelqu'un! Oh! pardon, messieurs, j'ignorais.

PHILOCOME.

C'est nous, madame, qui devons nous excuser... (A part.) Sapristi, que ça me gêne! (Haut.) Tout en vous regardant apprêter ces couleurs et ne voyant pas de tableau... je me demandais...

LA MODE.

Vous vous demandiez?...

PHILOCOME.

Ce que madame allait peindre ?

LA MODE.

Ce que j'allais peindre?... mais moi, mon cher...

PHILOCOME.

Vous?

LA MODE.

AIR : *du piège.*

Je me demandais à l'instant
Quelle couleur il faut que, moi, je prône.
Le mois dernier, je me peignais en blanc,
La semaine dernière en jaune;
Le bleu, vous plairait-il beaucoup?

PHILOCOME.

Sans décliner l'honneur que vous me faites,
Si vous vouliez être de mon goût
Je vous dirais : Restez comme vous êtes. (*bis.*)

LA MODE, riant.

Ah! ah! moi, la Mode rester comme je suis... vous êtes fou!

PHILOCOME, désignant les couleurs.

Alors, vous allez vous coller tout ça sur le visage!

LA MODE.

C'est la mode! D'où sortez-vous donc, mon cher?

PHILOCOME.

De Gennepy-les-Coquelourdes, près de Cresson-les-Melons, et j'avoue que les femmes n'y portent pas vos modes!

AIR : *de l'Angélus.*

Vous vous habillez aujourd'hui,
D'une façon trop excentrique;
C'est incroyable! c'est inouï!
Vous détruisez toute logique.
Vous gâtez jusqu'à votre teint
Par vos modes exagérées!...
Vous n'êtes pas en carton peint,
Mais, vous r'semblez à des poupées!

LA MODE.

Ah! insolent.

LUCIEN.

Mon oncle, vous allez trop loin!

PHILOCOME.

Laisse-moi donc tranquille toi... avec ta mode, tu m'as affublé comme un saltimbanque et ça me gêne dans les entournures!

LUCIEN.

C'est le chic!

PHILOCOME.

Il est joli ton chic. Le veston, je ne m'en ferai plus faire! le pardessus, veux-tu bien cacher ça! le pantalon, je ne peux pas le mettre! le chapeau, va quand même! les bottines tir' toi d'là! la chemise, mets-toi dedans! le gilet, tu me serres! le col, tu me scies! le lorgnon, je n'y vois pas! les gants, voilà que ça craque! et la canne, je vais t'en donner. C'est insensé tout cela! c'est extravagant.

LA MODE.

Vous êtes trop difficile.

GANDINOS, paraissant au fond en jockey.

Que l'on mène Mandoline chez le vétérinaire et que l'on porte John à l'hôpital.

LA MODE.

Ah! un ami! le célèbre Gandinos.

PHILOCOME.

Monsieur Gandinos.

SCÈNE IV

LA MODE, PHILOCOME, LUCIEN, GANDINOS en jockey.

GANDINOS, entrant et parlant toujours à la cantonnade.

Occupez-vous de la jument, quant au jokey, qu'il s'arrange! (Apercevant la Mode.) Ah! chère! tout vôtre! (Il lui baise la main. A Philocome et à Lucien, leur faisant un petit signe de tête.) Messieurs!... j'arrive des courses (A la Mode.) Vous n'y étiez pas méchante.

LA MODE.

Non, je n'ai pu y assister. Eh bien?

GANDINOS.

Eh bien, superbe! j'ai gagné.

AIR :

Mais ça n'a pas été sans peine,
J'allais perdre, quand mon jockey
Déjà distancé, hors d'haleine,
S'élance et part comme un boulet.
Il arrive!... mais ventre à terre,
Le cheval tombe au but fatal,
Et le jockey par-dessus le cheval!...
J'ai gagné mille louis, ma chère,
Mais je crois ma jument très-mal,
Et j'envoie John à l'hôpital.

PHILOCOME.

Et vous appelez ça améliorer les chevaux!

GANDINOS.

Mais, certainement, monsieur, ça les améliore.

LUCIEN.

Quand ça ne les détériore pas.

GANDINOS.

Ils sont détériorés pour être améliorés. C'est comme les jockeys, ça les forme.

PHILOCOME.

En les déformant.

GANDINOS.

Qu'est-ce que ça fait ?

LA MODE.

Mais certainement ! c'est un détail !.. je vous félicite, heureux vainqueur.

GANDINOS.

Heureux! c'est le mot, car après la course, *Fille de l'air* m'a embrassé avec effusion.

PHILOCOME.

Une autre jument qui vous a embrassé?

GANDINOS.

Par exemple !.. c'est ma maîtresse.

PHILOCOME.

Ah! pardon!.. c'est le nom de Fille de l'air qui me faisait croire.

GANDINOS.

Eh bien, oui, j'ai fait comme tout le monde, j'ai honoré ma maîtresse de ce nom célèbre.

PHILOCOME.

Honoré, dites-vous ?

AIR : *de Calpigi.*

Quoi! vous donnez à votre belle
Le nom d'une jument?

GANDINOS.

Mais elle...
En a la grâce et la beauté,
Elle en a la légèreté,
Vrai! c'est un nom très-bien porté!...

PHILOCOME.

Mais, si vous nommez par tendresse
Fille de l'air votre maîtresse,
Il faudrait, vous, son protecteur
Vous appeler Gladiateur.
Serviteur
A Gladiateur!

GANDINOS, à part.

Que dit-il donc?... (Haut.) Enfin, monsieur... les opinions sont libres.

SCÈNE V

LES MÊMES, FILLE DE L'AIR.

FILLE DE L'AIR, au dehors.

Gandinos! Gandinos!

GANDINOS.

Ah! c'est elle! Fille de l'air!...

FILLE DE L'AIR, entrant.

Ah! mon vainqueur, vous voici! Messieurs. (Elle salue.)

PHILOCOME.

Madame!

FILLE DE L'AIR, lorgnant Philocome.

Tiens! une bonne tête celui-là. (A Gandinos.) Cher ami.., vous me devez mille louis!..

GANDINOS.

Plait-il?

FILLE DE L'AIR.

N'avez-vous pas gagné aux courses?

GANDINOS.

Oui.

FILLE DE L'AIR.

Alors ça me revient de droit.

PHILOCOME, à Lucien.

Joli commerce il a fait là.

FILLE DE L'AIR.

Maintenant, occupons-nous de choses sérieuses. (A la Mode.) J'avais hâte de vous voir, chère Mode... comment trouvez-vous ma robe?

LA MODE.

Charmante.

PHILOCOME.

Comment nommez-vous cette coupe merveilleuse?

LUCIEN.

Un chiffonnez-moi ça.

PHILOCOME.

Oh! très-joli! et ce charmant corsage?

FILLE DE L'AIR.

Le corsage ôte donc tes pieds de là... c'est tout ce qu'il y a de plus nouveau...

PHILOCOME.

Il se termine par un fichu.

FILLE DE L'AIR.

Oui, le fichu je me dénoue, il n'est jamais attaché... c'est gentil, n'est-ce pas?..

PHILOCOME.

Hum! bien décolleté! tout est d'un décolleté aujourd'hui.

FILLE DE L'AIR.

C'est la mode!

PHILOCOME.

Va pour la mode!.. Mais pardon, belle dame, vous avez retiré votre chapeau en entrant.

LA MODE.

Quel chapeau?

FILLE DE L'AIR.

On n'en porte plus de chapeau, voilà le dernier que j'ai porté. (Elle tire de sa poche un macaron entouré de rubans.)

PHILOCOME.

Mais, c'est un macaron!

FILLE DE L'AIR.

Et c'était d'un gênant... aussi ai-je tout à fait supprimé cet ornement inutile. J'ai remplacé le chapeau par des cheveux. Toutes les dames ne se coiffent plus que de cheveux.

PHILOCOME.

Et celles qui n'en ont pas?

FILLE DE L'AIR.

Elles en achètent.

PHILOCOME.

C'est inouï!

GANDINOS.

C'est très-chic!

FILLE DE L'AIR.

Je crois bien.

AIR *nouveau de J. Javelot.*

Nous allons têtes nues!

TOUS.

Têtes nues!

FILLE DE L'AIR.

En tous lieux!

TOUS.

En tous lieux.

FILLE DE L'AIR.

Et les plus ingénues.

TOUS.

Ingénues.

FILLE DE L'AIR.

Sortent en cheveux.

TOUS.

En cheveux (*bis.*)

FILLE DE L'AIR.

I.

Quand nous mettions des chapeaux, quelle guerre!
Petits ou grands, on les blâmait jadis!
N'en mettant plus, nul ne pourra, j'espère,
Dire qu'ils sont trop grands, ou trop petits.
Nous allons têtes nues,
Etc. etc.

LA MODE.

II.

Oui, sagement, la mode qui se borne
A découvrir tous nos fronts féminins,
Nous fit jeter nos chapeaux à la borne
Et nos bonnets par-dessus les moulins.
Nous allons têtes nues,
Etc. etc.

FILLE DE L'AIR.

III.

C'est notre droit, si l'on nous le conteste,
Nous l'étendrons à d'autres oripeaux,
Et nous ferons un jour de tout le reste
Ce qu'on nous voit faire de nos chapeaux.
Nous allons têtes nues,
Etc., etc.,

PHILOCOME.

Oh! le siècle marche.

LUCIEN.

On ne peut pas le nier.

FILLE DE L'AIR, à la Mode.

Voyons, qu'avez-vous inventé de plus nouveau que tout cela?

LA MODE.

Des choses abracadabrantes, mais qui ne peuvent s'expliquer ainsi... Il me faudrait un bon chroniqueur pour rendre ma pensée!

SCÈNE VI

LA MODE, PHILOCOME, LUCIEN, GANDINOS, FILLE DE L'AIR, LE CRAYON, LA PLUME.

LE CRAYON, LA PLUME, entrant.

Des chroniqueurs! présents.

LA PLUME.

Moi! la Plume.

LE CRAYON.

Moi! le Crayon! Nous représentons la Presse.

PHILOCOME.

Permettez!.. La plume, je comprends cela... mais le crayon?

LE CRAYON.

Moi? je suis indispensable à cette heure! un journal non illustré ne se vend plus aujourd'hui... Les articles sont remplacés par une charge qui en dit plus quelquefois que cinquante colonnes de mots alignés au bout les uns des autres. Vive le Crayon!

LUCIEN.

Et la Plume! à quoi sert-elle?

LA PLUME.

A écrire le nom des abonnés sur les bandes.

PHILOCOME.

Air :

Pristi, vous me les baillez bonnes!

LA PLUME.

Voyez plutôt *le Hanneton*.

PHILOCOME.

De quoi remplit-il ses colonnes?

LE CRAYON.

D' charges, comme l' *Bonnet d' coton*.

LA PLUME.

Ce dernier n'a pas eu de veine.

LE CRAYON.

L' *Bonnet d' coton* dort sans réveil.

PHILOCOME.

Mais l'*Philosophe* et l' *Diogène*,

LA PLUME.

La *Lune* éclipse leur soleil (*bis*).

PHILOCOME.

Mais dans quels journaux exercez-vous vos talents?..

LA PLUME.

Partout... nous avons l'*Auvergnat*... journal français qui vient de paraître.

LE CRAYON.

La nouvelle *Gazette de Hollande*.

PHILOCOME.

Journal français.

LE CRAYON.

Toujours!

PHILOCOME.

Et qui vient de paraître, ça va sans dire.

LA PLUME.

La *Revue de poche*.

LUCIEN.

Qui ne paraît plus!

PHILOCOME.

Inutile d'en parler, alors.

LE CRAYON.

Le *Bouffon*, la *Rue*.

LA MODE.

L'*Auvergnat* ne me déplairait pas!...

SCÈNE VII

LES MÊMES, L'AUVERGNAT.

L'AUVERGNAT.

J'y chuis! fichtra!...

PHILOCOME.

C'est un porteur d'eau!

L'AUVERGNAT.

Insolent!

Air : *d'un Dîner d'Auvergnats.*

Ojez-vous bien me nommer porteur d'eau!
Fichtra! j' vas vous flanquer un' danse.
Que me trouvez-vous d' commun avec un sceau,
Ai-je donc l'air d'avoir une anse?
Je suis Français, quoique d' Saint-Flour.
Personne ne peut dir' qu'ici j'ai fait four.
Mes confrer's se disent tout bas :
Bigre! il nous la coupe à quinze pas!

SCÈNE VIII

LES MÊMES, LE DICTIONNAIRE DE LANGUE VERTE, LE GUIDE DU CÉRÉMONIAL.

LE DICTIONNAIRE, *entrant.*

Bien jabotté, mon petit père.

LE GUIDE.

Horreur!... pouvez-vous bien approuver un semblable langage... Voici mon *Guide du cérémonial* pour le jour où vous irez dans le monde.

TOUS.

Le Guide du cérémonial?

LE GUIDE.

Oui, qui vous apprendra à saluer et à vous conduire à table, en société... Quand vous parlerez à une dame, ne jamais mettre vos doigts dans votre nez... Quand vous dînerez dans le monde, ne jamais boire dans le verre de votre voisin; ne jamais aller au bal, sans avoir décrotté votre pantalon. Enfin, ne jamais dire flûte, à quelqu'un qui vous demande des nouvelles de votre sœur.

LE DICTIONNAIRE.

Et ta sœur! Allons donc, des bêtises! le seul guide du monde, c'est moi! le Dictionnaire de langue verte. Oh! la la! qué malheur! au canal! voilà le bon goût...

PHILOCOME.

Merci... je n'en demande pas davantage!

LE CRAYON.

Encore des caricatures à croquer, toujours!

LA MODE.

Non, je ne choisis pas l'*Auvergnat*.

LE CRAYON.

Alors prenez ma *Lune!*

TOUS.

La Lune!

LE CRAYON.

Le journal des journaux caricaturistes, que moi, André Gill, j'ai mis à la mode par mon crayon!... La lune! le stéréoscope des vivants. Mon crayon a dessein de te servir. Je te servirai passant en revue les hommes et les choses à la mode. Tout vit par moi. Le crayon est aujourd'hui seul maître du monde.

Air : *Heureux Habitants.*

Amis, sous mes lois,
La France a retrouvé son lustre,
Partout à la fois
Sur pierre, sur cuivre ou sur bois,
Je puis crayonner
La charge de tout homme illustre
Et sans écorner
La vérité vous le donner.
Les acteurs
Auteurs,
Les actrices et la cocotte
Tous de mon
Crayon
Viennent rechercher le bon ton.
Les rois des journaux,
Des courses, des clubs, de la hotte,
Deviennent rivaux
Sous mes socratiques pinceaux.
Silhouette ou profil,
Homme savant et gloire acquise
Mon fusain subtil
Pour les parodier a le fil.
Chez moi
Quoi?
Chacun peut trouver en esquisse
Son esprit moral,
Son caractère original,
A peindre d'un coup
Le sot, sans vanité j'excelle,

Je croque surtout
L'imbécile infect et le fou.
Sous mes traits hardis
Plus d'un vilain polichinelle
A de mes croquis
Compris
Le mordant et l'exquis.
Enfin, par son ton,
La sublime caricature
D'un coup de crayon
Pique, mord sans cesse, mais on
Ne meurt jamais.
De sa spirituelle morsure.
Elle a le succès;
Sa mère se nomme Progrès.
Défauts ou talents,
Vanité, misère ou sottise,
Lui sont excellents
Pour crayonner, et les méchants
Peuvent comme dans
Une glace voir leur bêtise.
Point de faux semblants,
Oui, ses portraits sont ressemblants.
Amis, sous mes lois,
Etc., etc., etc.

LA MODE.

Vive la caricature!

LE CRAYON.

Voulez-vous un échantillon de mes critiques?

PHILOCOME.

Qu'allons-nous voir, seigneur?

LA MODE.

Des femmes du dernier chic! (On voit entrer quatre femmes tout à fait peintes en bleu, en rouge, en jaune et en noir. Elles portent l'une un chien peint en bleu, l'autre un perroquet, la troisième un singe, la quatrième une cage avec un serin.)

PHILOCOME.

Ah!

SCÈNE IX

PHILOCOME, LUCIEN, GANDINOS, LA MODE, L'AUVERGNAT, LE CRAYON, LA PLUME, LE GUIDE, LE DICTIONNAIRE, FILLE DE L'AIR, LES QUATRE FEMMES.

ENSEMBLE.

AIR : *Ah! c'cadet-là.*

Voilà ce qu'on peut au public
Livrer de plus commode.
Oui, voilà le suprême chic
De la dernière mode.
La mode (*bis.*)

PHILOCOME.

Sans aucun frein,
Quoi! la beauté se peint
Rouge, jaune ou blanc, ou noir d'ébène;
Comme un parquet
Son visage se met
En couleur, un' fois par semaine.

A Lucien.

Bien vite quittons ce logis.

TOUS.

Nous quitter!

PHILOCOME.

Au plus vite!
Ce maquillage, à mon avis
Mérite
Le mépris.

TOUS.

C'en est trop, mépriser le chic,
Comble de l'élégance!
Cet outrage fait au public
Demande ici vengeance,
Vengeance!

PHILOCOME.

Partons, mon neveu!

LUCIEN.

Partons.

TOUS, les retenant.

Arrêtez!

PHILOCOME.

Ne nous retenez pas!

ENSEMBLE.

AIR :

PHILOCOME, LUCIEN.

Nous devons fuir ici le chic,
Comble d'extravagance,
Ose-t-on paraître en public
Avec moins de décence,
Décence? (*bis.*)

LES AUTRES.

C'en est trop, mépriser le chic,
Comble de l'élégance,
Cet outrage fait en public
Demande ici vengeance,
Vengeance!

ACTE TROISIÈME

Quatrième Tableau

OIES DES CONCERTS ROTIES

Un jardin féerique. Tables, chaises, etc.

SCÈNE PREMIÈRE

UN GARÇON DE CAFÉ, CONSOMMATEURS, DAMES. Au lever du rideau, grand mouvement.

CHŒUR.

AIR *nouveau de M. J. Javelot.*

Dans ce charmant séjour
Où règne la folie,
Chacun joyeux vient pour
Fêter la tragédie.

PREMIER CONSOMMATEUR.

Garçon! Un Soldat.

LE GARÇON.

Bing!

PREMIÈRE DAME.

On dit : Soda. Imbécile!

PREMIER CONSOMMATEUR.

Qu'est-ce que ça fait? ça ne l'empêchera pas d'être mauvais.

DEUXIÈME CONSOMMATEUR.

Garçon! un gloria!

LE GARÇON.

Bing!

DEUXIÈME DAME.

Garçon, un américain!

LE GARÇON.

Bing!

TROISIÈME CONSOMMATEUR.

Garçon, un chinois!

LE GARÇON.

Bing!

TROISIÈME DAME.

Garçon, une chartreuse!

LE GARÇON.

Voilà! voilà! (Il sert les consommations.)

SCÈNE II.

LES MÊMES, LUCIEN, PHILOCOME, puis LE CAFÉ CONCERT.

LUCIEN, entrant avec Philocome.

Nous sommes arrivés, mon oncle!...

PHILOCOME.

Enfin! je vais donc pouvoir me désaltérer!... Où sommes-nous ici?...

LUCIEN.

Au café concert de l'Avenir.

PHILOCOME.

Au café concert... de l'Avenir?

LE CAFÉ CONCERT, entrant.

Oui, monsieur. Le chic du jour, le genre à la mode!... le temple des arts!... le rendez-vous de l'intelligence, des poëtes, des musiciens et des industriels. Ici se réunissent tous les mondes... Je suis le fleuve de la chanson, le lac de la rigolade, la mer de la fantaisie! mon goût est celui de la mode, aujourd'hui; j'envahis même le théâtre, je tiens de tout, je fais de tout, je vends de tout, de la bière, des chansons, du rhum et de la poésie.

AIR nouveau de M. Javelot.

Me voilà (bis.)
Chanson, vermouth et moka!
Demandez!...
Choisissez!...
Tragédie ou bien café!...
Afin de vous rafraîchir,
Voulez-vous de l'élixir
D'opéra?... Je vais vous l'offrir!...
Ou des bocks? Avec plaisir!...
Me voilà,
Etc., etc., etc.

PHILOCOME.

C'est un fou!...

LUCIEN.

Pas du tout! c'est le café à la mode, il vous l'a dit. Servez-nous deux bocks?

LE CAFÉ CONCERT.

Deux bocks! Bing! servez!

PREMIÈRE DAME.

Comment! on boit, on chante et on fume ici?

LE CAFÉ CONCERT.

Oui, madame, et le reste *ad libitum*. (Un garçon apporte deux bocks dont la mousse tient la moitié de chaque chope.)

PHILOCOME.

Mais il n'y en a que la moitié du verre, le reste est en mousse.

LUCIEN.

C'est ce qu'on appelle un faux-col.

LE CAFÉ CONCERT.

Et le faux-col est à la mode. Ce sont nos bénéfices.

PHILOCOME.

Mais Cartouche n'était pas plus honnête que vous! Donnez-moi de la glace et une groseille, j'aime mieux ça!

LE CAFÉ CONCERT.

Voilà, monsieur. Bing! carafe frappée.

PREMIÈRE DAME.

Qu'est-ce donc que ça veut dire : Bing?

PREMIER CONSOMMATEUR.

Je crois que ça veut dire en général, Boum! (Le garçon apporte une groseille et une carafe d'eau ordinaire. Philocome arrange sa groseille et boit.)

PHILOCOME.

Mais c'est de l'eau chaude, votre glace.

LE CAFÉ CONCERT.

Pardon, monsieur, nous n'avons plus de glace; elle est fondue. Mais il nous en viendra demain, si vous voulez attendre!...

LUCIEN.

Merci.

PHILOCOME.

Sapristi, nous sommes en pleine forêt de Bondy; c'est trop fort! ton café concert de l'Avenir n'est qu'un affreux piége à niais!... Comme c'est commode et amusant! vous arrivez d'un long voyage... vous êtes éreinté, brisé, vous êtes en feu... vous éprouvez le besoin de prendre quelque chose. Vous entrez dans un café pour vous rafraîchir : Garçon? Voilà! De la glace? Bing!... et on vous apporte de l'eau chaude. On demande une carafe frappée, on vous répond : Monsieur, nous sommes en été, trop tard! fondue! il faut attendre l'hiver pour la voir arriver! Ah!

AIR :

Je comprends qu'en cett' circonstance,
L' client s' fâche pour tout de bon.
Qu'il prenne des airs d'arrogance,
Quand il appelle le garçon.
Dans les cafés l'on vous attrape,
Surtout si l'on a l'air huppé;
A la place des caraf's qu'on frappe;
C'est l' client qui s' trouve frappé!

LE CAFÉ CONCERT.

Monsieur n'a pas l'habitude de Paris... Pardon, messieurs, des ordres à donner. (Au garçon.) Émile?

LE GARÇON.

Boum!

LE CAFÉ CONCERT.

Les bocks dans lesquels le consommateur aura laissé un peu de bière, vous les garderez soigneusement pour les vider dans le réservoir. L'économie est une vertu.

PHILOCOME.

Hein! Qu'est-ce que j'entends?

LE CAFÉ CONCERT, au garçon.

Avez-vous fait votre tournée ce matin dans les maisons bourgeoises pour y acheter les vieux marcs de café?

LE GARÇON.

Ya, patron.

LE CAFÉ CONCERT.

Bien! vous ferez servir ces vieux marcs pour les consommations de la soirée! L'économie est une vertu.

LE GARÇON.

Yes, patron.

PHILOCOME.

Ah!

PREMIÈRE DAME.

On n'a pas idée de ça!

LE CAFÉ CONCERT, au garçon.

Vous savez qu'à dater d'aujourd'hui, j'ai établi un petit règlement dans ma maison. Pour servir comme garçon, ici, vous me donnerez cinq francs par jour.

PHILOCOME.

Hein? qu'est-ce que vous dites?... Il vous sert, et c'est lui qui vous paye.

LE CAFÉ CONCERT.

Oui, monsieur, cinq francs d'argent, le blanchissage des serviettes et la casse à son compte.

PHILOCOME.

Mais comment se rattrape-t-il alors?...

LE CAFÉ CONCERT.

Par les pourboire. Cent personnes à deux sous, cela fait dix francs. Il lui reste encore cinq francs.

PHILOCOME.

Sans compter la casse et le blanchissage! C'est infect. Je demande, moi, l'abolition du pourboire.

LE CAFÉ CONCERT.

Pourquoi donc?

AIR : *Mousse, mousse.*

Le pourboire (bis.)
N'est pas, mon cher, argent perdu.
Le pourboire,
C'est notoire,
Sait donner le fruit défendu.

I

Au théâtre, une joyeuse
Petite fille vous plaît ;
Donnez pourboire à l'ouvreuse,
Elle porte un doux billet !

TOUS.

Le pourboire,
Etc., etc., etc.

LE GARÇON.

II

Si vous êtes en visite,
Donnez pourboire au valet,
Et vous franchirez de suite
Le seuil de tout cabinet.

TOUS.

Le pourboire,
Etc., etc., etc.

LUCIEN.

III

L' pourboire ouvre portes closes ;
Donnez, pour voir un palais ;
On vous montrera des choses
Que l'on ne verrait jamais !

TOUS.

Le pourboire,
Etc., etc., etc.

LE CAFÉ CONCERT.

IV

Le pourboire est nécessaire,
Nous le voyons chaque jour ;
Un baiser, sur cette terre,
Est le pourboir' de l'amour !

TOUS.

Le pourboire,
Etc., etc., etc.

PHILOCOME.

Et moi, je soutiens le contraire ; le pourboire est une chose arbitraire.

LE CAFÉ CONCERT.

Arbitraire, allons donc !

PHILOCOME.

Oui, et que vous devriez abolir s'il vous battait quelque chose d'humain sous la mamelle gauche. Le consommateur est-il donc obligé de payer les appointements du garçon de café ou de restaurateur qui le sert et que vous taxez vous-même !.. à nos dépens !... C'est infect, je l'ai dit ; c'est honteux !.. A dater de ce jour, moi... je m'abolis le pourboire et je crie à l'injustice ... au voleur ; lorsque les dix centimes donnés ainsi pourraient servir à un emploi plus grand, plus digne, plus noble, plus humain !... A bas le pourboire.

AIR : *de l'Héritière.*

Non, je ne comprends pas qu'en France,
On se soumette à cet abus ;
Et qu'on donne sans répugnance
Un pourboire ! Enfin, je conclus
Qu'on devrait en être confus.
Plus noble serait le contraire,
Si tendant aux pauvres la main,
Pour soulager toute misère
Les pourboires payaient du pain.

LUCIEN.

Vous voulez combattre l'usage ?

PHILOCOME.

L'usage est un vieil usurier... sourd, aveugle et fou, qu'on devrait envoyer à Charenton ! c'est un mauvais usage qu'on fait de son argent.

LE CAFÉ CONCERT.

Ah ! là ! là ! quel malheur ! En v'là une pratique qui fait trop de morale ! (Il sort.) De la morale au café concert ! Pssuitt ! il pleut.

PHILOCOME.

Tiens, mon neveu. Ces établissements-là, ça fait hausser le cœur !

LUCIEN.

C'est la faute de ceux qui les encouragent en y venant.

LE CAFÉ.

Monsieur se trouve mal ?

PHILOCOME.

Ma foi, je ne me trouve pas bien.

LE CAFÉ, criant.

Le médecin de l'établissement. Bing !

SCÈNE III

LES MÊMES, JACOBUS, portant un trombone. En entrant, il joue du trombone.

JACOBUS.

Un médecin, qu'on a dit ! Présent ! que je suis trombone pour la musique et charlatan pour l'humanité. (Il fait des passes magnétiques sur les consommateurs.)

LE CAFÉ CONCERT.

Maintenant que le médecin est là, vous pouvez être malade. (Il sort.)

PHILOCOME.

Quel est ce militaire ?

JACOBUS.

C'est moi !

PHILOCOME.

Je vois bien que c'est vous... mais vous, qui ?

JACOBUS.

Le guérisseur Jacobus. (Il fait des passes.)

PHILOCOME.

Ah ! j'y suis. Le marchand de vulnéraire de la rue de la Roquette.

JACOBUS.

Vous y êtes. (Lui prenant la main d'un air mystérieux.) D'où souffrez-vous ?

PHILOCOME.

De nulle part !.. ça va mieux.

JACOBUS.

Vous mentez !

PHILOCOME.

Monsieur Jacobus, je vous assure !

JACOBUS.

Vous avez un champignon dans votre vol-au-vent, je vais vous l'extirper avec mon fluide. (Il dépose son trombone à terre et fait des passes.)

PHILOCOME.

Mais je n'ai aucun champignon...

JACOBUS.

Vous êtes bancal alors ?

PHILOCOME.

Non !

JACOBUS.

Aveugle !

PHILOCOME.

Non !

JACOBUS.

Si, regardez-moi ! voyez-moi, je le veux ! je le veux ! (Il fait des passes, puis souffle dans son trombone.) Vous êtes guéri ! ça n'est pas plus difficile que ça !

PHILOCOME.

Parbleu !... je n'étais pas malade.

JACOBUS.

Vous ne croyez pas à ma science ?

PHILOCOME.

Mais pas du tout. Spiritisme fluide, somnambulisme, plaisanterie et je sais...

AIR : *En me plaçant mon vieux quartier des halles.*

Ce qu'ici-bas, est le somnambulisme,
Et ce que sont ses fidèles croyants,

Pour moi, l'un n'est que du charlatanisme,
Quant aux autres, ce sont des innocents.
Devons-nous croire à cette double vue
Expliquant tout : le présent, le passé,
Mais pour laquelle est toujours inconnue
L'heure où l'on est des vivants effacé?
Devons-nous croire à la table tournante
Qui fit tourner la tête à bien des gens?
A ces esprits, qui de l'enfer du Dante,
Dans un buffet frappent après mille ans?
Devons-nous croire à la tête coupée,
Osant crier : Je suis la Vérité!
La Vérité, pour nous décapitée,
C'est le mensonge un peu trop effronté.
Devons-nous croire au guérisseur banquiste
Osant vous dire : As-tu perdu les yeux?
Je te les rends, sans être un oculiste,
Avec ces mots : Vois-y clair, je le veux!
Voyant porter à l'humaine science
Un tel défi, vraiment, ne pourrait-on
Penser qu'un tel homme n'est qu'en démence
Et qu'il s'est échappé de Charenton?
Heureusement notre siècle incrédule,
Mais éclairé, devient un esprit fort.
Nous l'avons vu frapper de sa férule
Les guérisseurs, Bonheur et Davenport.
Si l'on devait croire à ces troubles-fêtes,
On ne vivrait que pour trembler toujours.
On ne verrait que de craintives têtes
Se demandant : Vivrai-je encor deux jours?
Tous ces devins miraculeux qu'on pose :
Meubles tournants... Barnums, décapité,
Sous des esprits, ne voyant qu'une chose :
L'or ou l'argent de la crédulité.
Le spiritisme et le somnambulisme
Ont, hélas, trop de fidèles croyants!
Les uns pour moi sont du charlatanisme,
Les autres sont de pauvres innocents.

JACOBUS.

Vous ne voulez pas croire?

PHILOCOME.

Jamais!

JACOBUS.

Eh bien, vous avez raison! je ne guéris personne... c'est un petit truc que j'ai inventé pour avoir la permission de minuit permanente.

PHILOCOME.

Oh! farceur.

JACOBUS.

Au revoir! si jamais vous devenez manchot.

PHILOCOME.

Vous me guérirez?

JACOBUS.

Je vous donnerai l'adresse d'un homme qui fabrique des bras magnifiques... Au revoir... (Il sort; l'orchestre joue l'air du zouzou.)

PHILOCOME.

Eh bien! en voilà un paroissien. (Cris au dehors.) Allons, bon! on s'étrangle par là. (A ce moment, trois femmes, une vêtue en tragédienne, une en Opérette et l'autre en paysanne, entrent en scène en se disputant.)

SCÈNE IV

PHILOCOME, LUCIEN, MINESA, MAGNÉSIE, L'OPÉRETTE.

ENSEMBLE.

AIR nouveau de M. J. Javelot.

Oh! c'est affreux!
Odieux!
Scandaleux!
En ces lieux,
Près de moi prétendre
S'faire... entendre.
Ah! c'est affreux!
Scandaleux!
En ces lieux,
Moi, je veux
T'arracher les cheveux!

PHILOCOME, LUCIEN.

Mesdames, mesdames!... y songez-vous?

MINESA, MAGNÉSIE, désignant l'Opérette.

Laissez-moi lui crêper le chignon.

PHILOCOME.

Du calme... si vous avez voix au chapitre, très-bien; mais expliquez-vous sans coups de poings.

MINESA, désignant l'Opérette.

C'est une intrigante.

L'OPÉRETTE.

Je suis l'Opérette, et je n'intrigue pas.

MAGNÉSIE.

C'est vrai.

L'OPÉRETTE.

Et ces deux excentriques prétendent me chasser du pays qui m'a donné le jour.

PHILOCOME.

Ce n'est pas bien.

L'OPÉRETTE.

AIR : *Ronde de la Vie parisienne.*

Je règne dans tous les théâtres,
Je suis reine aux Variétés;
Je possède des idolâtres
Dans toutes les sociétés :
Au café-concert on m'acclame
Entre la bière et le cognac;
On applaudit et l'on proclame
L'enfant adoré d'Offenbach!
Je suis vive et brillante,
Et comme une bacchante
Je chante, chante (*bis.*)
Et toujours du soir au matin
Chacun soudain
Dit mon refrain,
Oui, toujours, du soir au matin,
Chacun soudain
Dit mon refrain!

MAGNÉSIE.

Et vous l'écoutez?...

LUCIEN.

C'est d'un goût adorable.

MINESA.

D'un goût adorable! tu vas te taire!... Une rien qui vaille, une bâtarde de l'Opéra-Comique qui veut tout envahir! (Désignant Magnésie.) Comme elle.

PHILOCOME.

Vous en voulez aussi à madame?

MINESA.

Si je pouvais l'étrangler!...

MAGNÉSIE, déclamant.

De grâce, permettez que mon bras l'extermine.

LUCIEN.

Un alexandrin!

MINESA.

C'est tout ce qu'elle sait dire.

MAGNÉSIE, déclamant.

Cela vaut mieux que de... chanter vos platitudes.

MINESA.

Platitude! je vais l'aplatir!

PHILOCOME.

Voyons, un peu d'eau de guimauve dans vos nerfs, quels sont vos griefs?

MINESA.

V'là la chose.

MAGNÉSIE, déclamant.

A peine nous sortions...

MINESA.

Elle sortait de je ne sais où... lorsque l'idée lui prit d'entrer chez moi.

LUCIEN.

Une violation de domicile?

MINESA.

Et savez-vous pour quoi faire? pour réciter de la tragédie.

MAGNÉSIE.

Phèdre ou *Athalie* au choix du consommateur.

PHILOCOME.

Du consommateur ? Quel est donc votre chez vous ?

MINÉSA.

Où vous êtes, le café concert. Comprenez-vous les *Horaces* après la *Gardeuse d'ours !... Phèdre* après la *Femme à barbe*, et le songe d'*Athalie* après *C'est dans le nez que ça me chatouille* : sottise !... je suis seule la fortune du café-concert, j'ai l'harmonie de l'harmonie dans toutes mes harmonies ! A bas l'Opérette et la tragédie.

PHILOCOME.

Votre nom, madame ?

MINESA.

Minésa.

LUCIEN.

Ravissant ! (À Magnésie.) Le vôtre ?

MAGNÉSIE.

Magnésie.

PHILOCOME.

Un nom qui doit vous faire aller... à la postérité.

MINESA.

Je ne dis pas le contraire ; mais avant, pour décerner la palme, faut écouter mon harmonie.

PHILOCOME.

Nous écoutons.

MINESA, tirant une bouteille de sa poche et buvant.

Ne faites pas attention, je prends mon loch ! hum ! hum !.. Entendez-vous ? c'est du cuivre !

LUCIEN, à part.

En ferblanc !

PHILOCOME.

C'est égal, elle a du zinc.

MINESA, distribuant des mirlitons.

En main, les instruments.

PHILOCOME, lisant la devise d'un mirliton.

J'entrerais dans un couvent,
Si je n'aimais pas mon amant,

MINESA.

Y sommes-nous, oui ? Une ! deux !...

AIR : *des Turlutaines*.

I

Il était un' jeune fille
Qu'on mariait dans un coin.

TOUS.

A Saint-Ouen !

MINÉSA.

Avec un drôle de drille
Qui faisait la bouche en coin.

TOUS.

A Saint-Ouen !

MINÉSA.

Coin, coin, coin, coin,
Deri, coin, deri, coin, coin, coin.
Qu'ont-ils besoin
De s'marier à Saint-Ouen ?

Le public reprend en chœur et ça réjouit le mien ! Chauffez !...

ENSEMBLE.

Coin, coin, coin, coin,
Etc., etc., etc.

LUCIEN.

Ça me rappelle les concerts de l'Exposition.

PHILOCOME.

Pan ! dans l'œil !

MINÉSA.

II

Chacun l'appelait Camille
La mariée, et non loin

TOUS.

De Saint-Ouen !

MINÉSA.

Elle n'avait pour famille
Qu' son petit cousin Baudouin...

TOUS.

A Saint-Ouen !

MINÉSA.

Coin, coin, coin, coin.
Deri, coin, deri, coin, coin, coin,
Qu'ont-ils besoin
De s' marier à Saint-Ouen ?

ENSEMBLE.

Coin, coin, coin, coin !
Etc., etc., etc.

MINÉSA.

III

Pendant que la noc' gambille,
Le marié ne dans' point...

TOUS.

A Saint-Ouen !

MINÉSA.

Mais le p'tit cousin Camille
De sa femme était l' témoin...

TOUS.

A Saint-Ouen !

ENSEMBLE

Coin, coin, coin, coin,
Etc., etc., etc.

MINÉSA.

IV

Bientôt v'là z'une bisbille
En présence de l'adjoint...

TOUS.

De Saint-Ouen !

MINESA.

On criaille, on s'égosille,
On se fiche des coups d' poing.

TOUS.

A Saint-Ouen !

ENSEMBLE.

Coin, coin, coin, coin,
Etc., etc.. etc.

MINÉSA.

V

Moralité !

Chercher une jeune fille
Et qui ne vous trompe point.

TOUS.

A Saint-Ouen !

MINÉSA.

C'est bien chercher une aiguille
Dans une meule de foin...

TOUS.

A Saint-Ouen !

ENSEMBLE.

Coin, coin, coin, coin,
Etc., etc., etc.

PHILOCOME.

Charmant! ce n'est pas le même genre que l'Opérette, mais c'est joli tout de même.

MAGNÉSIE.

Ça me vaut-il?

LUCIEN.

On n'a jamais pu savoir.

L'OPÉRETTE.

C'est honteux! ce que vous venez d'entendre n'est rien!...

MINESA.

J'ai du talent.

MAGNESIE.

Moi, du génie.

PHILOCOME.

Et de la modestie?

L'OPÉRETTE.

Elles l'ont noyée dans la limonade gazeuse!... Elles en ont tant que pour satisfaire leur amour-propre, on leur à arrangé le songe d'Athalie à deux voix.

PHILOCOME.

Le songe d'Athalie à deux voix?

MINESA.

C'est crevant. Vous allez voir.

MAGNÉSIE.

Ho! de l'avant!

AIR :

PHILOCOME.

Je n'y puis rien comprendre,
Tous ces gens-là sont fous.
Ici que vais-je entendre?
Mais où diable allons-nous?

LES AUTRES.

Vous allez nous / les entendre :
Ils ne sont pas trop fous, / Nous ne sommes pas fous,
Et vous allez comprendre
Nos / Leurs sons graves et doux.

MINESA.

Y sommes-nous?...

MAGNÉSIE.

J'attends!

MINESA.

Pan! dans l'œil.

PHILOCOME.

Est-elle comme il faut! (Deux garçons de café viennent se placer l'un à droite, l'autre à gauche près de Minesa et de Magnésie. L'un porte un bock, l'autre une gomme chaude. Pendant toute la scène qui suit, chaque fois que Minesa a fini de chanter et Magnésie de déclamer, chacune boit une gorgée dans son verre.)

MINÉSA.

AIR : *Une Espagnole de Carton.*

Connaissez-vous sans rocamboles
Athali' de Racinaquès?
Native et née à Batignolles
Sur les bords du Mançanarès?...
Avis à tous les cocodès!

Je passe le reste pour ce soir, à cause de ma maladie de larynx. (A Magnésie.) Va-y.

MAGNÉSIE, déclamant.

Prêtez-moi donc alors une oreille attentive.
Sur d'éclatants succès ma puissance établie
A fait jusqu'aux deux mers respecter *Athalie.*

PHILOCOME, parlé.

Les deux mères, c'est le Fils de la nuit.

MINESA.

AIR : *Refrain du casque à Mangin.*

C'est elle qu'est la reine,
La reine,
La reine,
C'est elle qu'est la reine
Des char r r r r latans.

MAGNÉSIE, déclamant.

Mais un trouble importun vient depuis quelques jours
De mes prospérités interrompre le cours,
Un songe — me devrais-je m'inquiéter d'un songe?

PHILOCOME, parlé.

Oh non!

MAGNÉSIE, déclamant.

Entretient dans mon cœur un chagrin qui le ronge.

MINÉSA.

AIR : *Entre Paris et Lyon.*

Entre Paris et Lyon,
Dzim badaboum, boum, boum!
L'était un' vieill' gothon
Qu'avait une joli' fille.

LUCIEN.

Gothon, c'est sa mère alors!

PHILOCOME.

Et la fille, c'est elle!... (Il ouvre sa tabatière et prend une prise.)

MAGNÉSIE, déclamant.

Je l'évite partout, partout il me poursuit.
C'était pendant l'horreur d'une profonde nuit,
Ma mère Jezabel (Elle prend une prise de tabac.) devant moi s'est montrée
Elle éternue.
Comme au jour de sa mort (Elle éternue.) pompeusement parée,
Tremble, m'a-t-elle dit, fille digne de moi.

Elle prend le bras de Minésa.

MINESA, tendant son bras.

Tâche moyen d' fair' ployer c' bras.
On f'rait plutôt ployer un arbre,
C'est moi qui suis la femme à barbre.

(Parlé.) *Bre* pour la rime.

MAGNÉSIE, déclamant.

Alors, dans ce désordre, à mes yeux se présente...

On entend crier un enfant.

MAGNÉSIE, continuant de déclamer.

Un enfant revêtu d'une robe éclatante.

MINESA.

AIR : *La Gardeuse d'ours.*

Il gard' les ours dans la montagne,
Il cueill' des feuill's aux arbrisseaux;
Jouant l'bouchon quand l'ennui l' gagne,
Ou barbottant dans les ruisseaux!

MAGNÉSIE, déclamant.

Mais lorsque revenant de mon trouble funeste,
J'admirais sa douceur, son air noble et modeste,
J'ai senti tout à coup un homicide acier
Que le traître enfonçait dans mon sein tout entier.

Elle boit.

MINESA, prenant son verre.

AIR :

Ell' joint l'utile à l'agréable,
J' crois qu' çà pourra
Durer comme çà.

Elle trinque avec Magnésie.

MAGNÉSIE, l'arrêtant, et replaçant son verre sur le plateau du garçon.

Voilà quel trouble ici m'oblige à m'arrêter,
Et sur quoi j'ai voulu tous deux vous consulter.

Avec fureur.

> De tant d'objets divers, le bizarre assemblage
> Peut-être du hasard vous paraîtra l'ouvrage.
> On ne voit point deux fois le rivage des morts
> Seigneur, puisque Thésée a vu les sombres bords.

Elle prend un mouchoir à carreaux sous son peplum, et se mouche.

LUCIEN.

Qu'est-ce qu'elle parle de Thésée?

PHILOCOME, pleurant et s'essuyant les yeux.

Oh! qu'alle s'taise!

MAGNÉSIE, déclamant.

> Délivre l'univers d'un monstre qui t'irrite,
> La veuve de Thésée ose aimer Hyppolite.

MINESA.

AIR : *On y va.*

> Pour un' femm' seule
> J' suis pas bégueule,
> Et j'obéis, oui-dà,
> On y va, on y va.

Elle prend un sabre.

MAGNÉSIE, déclamant.

> Déjà la sombre nuit a commencé son tour,
> Digne fils du héros qui t'a donné le jour,
> Venge-toi, punis-moi d'un odieux amour!

LUCIEN.

Mais qu'est-ce que vous nous racontez-là? ...

MAGNÉSIE.

Le songe d'Athalie!

LUCIEN.

Mais vous mêlez Esther, Phèdre et Athalie.

MAGNÉSIE.

Ça ne fait rien, puisque c'est du même auteur; et c'est pour finir sur un effet. (Déclamant.)

> Contente de périr s'il faut que je périsse,
> J'irai pour mon pays m'offrir en sacrifice.
> Frappe!... ou si tu me crois indigne de tes coups,
> Si la haine m'envie un supplice si doux,
> Ou si d'un sang trop vil ta main était trempée,
> A défaut de ton bras, prête-moi ton épée.

MINESA, frottant son sabre à terre.

Rien n'est sacré pour un sapeur!... (Elle fait le simulacre de frapper. Magnésie tombe, elle la reçoit dans ses bras, puis elle se relève et tous se mettent à chanter.)

AIR :

> V'là c' que c'est,
> C'est bien fait,
> Fallait pas qu'elle y aille (*bis.*)

Dansant.

> V'là c' que c'est,
> C'est bien fait,
> Fallait pas qu'elle y aille!
> C'est bien fait!

MINESA.

Qu'en dites-vous?

PHILOCOME.

Je dis... que vous feriez bien de vous en aller chacune de votre côté... Voici mon jugement.

AIR : *Ces Postillons sont d'une maladresse.*

> Puisque madame est une tragédienne,
> Qu'elle cultive un genre qui se perd,
> Et que, voulant le remettre à la scène,
> Tout comme un bock au public, elle sert
> La tragédie en un café concert,

Désignant Minesa.

> Mademoiselle, oubliant ses canettes,
> Pour obtenir un semblable succès,
> Devrait aller chanter ses chansonnettes
> Au Théâtre-Français.

MINESA.

C'est une idée.

PHILOCOME, à Lucien.

Je me fiche d'elles et elles ne le voient pas! Et on ose appeler cela le genre à la mode!

LUCIEN.

Vous plait-il, mon oncle?

PHILOCOME.

Jamais! on traîne Racine et Corneille dans la boue, et tu oses me demander si cela me plaît?... A la porte le café-concert!...

TOUS.

A la porte!...

MAGNÉSIE.

Nous sommes incomprises.

CHŒUR.

AIR :

MINESA, MAGNÉSIE.	LES AUTRES.
Quittons à l'instant même Tous ces gens, et filons; Ailleurs où l'on nous aime Allons filer nos sons.	Quittez à l'instant même Cet endroit, histrions. Ailleurs, si l'on vous aime, Allez filer vos sons.

SCÈNE V

LES MÊMES, RENSEIGNEMENT, puis L'HOMME MASQUÉ

RENSEIGNEMENT.

Arrêtez! arrêtez!

TOUS.

Hein! qu'y-a-t-il?

PHILOCOME.

Ah! c'est le renseignement.

RENSEIGNEMENT.

Messieurs, on nous avait indignement trompés!...

PHILOCOME.

Comment cela? trompé!

RENSEIGNEMENT.

L'homme masqué n'est point le Masque de fer comme tout portait à le croire. De nouvelles indications puisées à des sources certaines nous donnent enfin le vrai nom de cet étrange personnage.

PHILOCOME.

C'est une plaisanterie.

RENSEIGNEMENT.

Monsieur, j'engage ma parole.

LUCIEN.

Alors, on peut y compter.

RENSEIGNEMENT.

Cet homme n'est autre que Rocambole.

TOUS, tombant face contre terre.

Rocambole!...

RENSEIGNEMENT.

Le 117 ressuscité!... courant à la recherche de Bonbon du Sérail.

TOUS.

Ah!

PHILOCOME.

Tronçon du Poitrail.

RENSEIGNEMENT.

Messieurs, j'ai bien l'honneur de vous saluer! (Il sort.)

TOUS.

Rocambole!

CHŒUR.

AIR *nouveau de M. J. Javelot.*

> Rocambole!
> Ma parole!

Ce nom me glace d'horreur.
Rocambole!
Ma parole!
Je suis frissonnant de peur.

Ici paraît un homme masqué vêtu en lutteur. — Tout le monde le voit, pousse un cri et se sauve. L'homme masqué rit en se croisant les bras. Il disparaît. — Changement.

Cinquième Tableau

CARDONS DES VOSGES AUX FRANCS-TIREURS

Un site pittoresque au milieu des rochers; à droite, une pente inclinée conduisant à un léger pont de bois jeté sur un torrent. Clair de lune. Au changement, les Francs-tireurs, sont groupés dans les rochers, à droite et à gauche.

SCENE PREMIÈRE

LE CHEF, FRANCS-TIREURS. (Le Chef paraît sur le pont, regarde autour de lui, descend en scène et sonne du cor, les francs-tireurs se lèvent, et descendent en scène.)

LE CHEF.

AIR : *de Chasse.*

Franc-tireur, que votre œil vous guide,
Le chevreuil passe ici, dit-on.

TOUS.

Ton, ton, ton, ton, ton, taine, et ton, ton.

LE CHEF.

Chargez de balles, s'il est vide,
Le canon d' votre mousqueton.

TOUS.

Ton, ton, ton, taine, ton, ton.

PREMIER FRANC-TIREUR.

Que partout l'on veille en silence;

DEUXIÈME FRANC-TIREUR.

De nos voix étouffons le son.

TOUS.

Ton, ton, ton, taine, ton, ton.

TROISIÈME FRANC-TIREUR.

Visé rapide et vigilance.

QAUTRIÈME FRANC-TIREUR.

N'oublions pas cette leçon.

TOUS.

Ton, ton, ton, taine, ton, ton.

LE CHEF.

Les chasseurs de nuit sont présents.

TOUS.

Présents!

LE CHEF.

A l'affût! alors. (Tous remontent à pas de loup vers le fond.)

QUATRIÈME FRANC-TIREUR, désignant la gauche.

Capitaine, deux daims dans le taillis!

LE CHEF.

La carabine à l'épaule et visons juste. (Tous s'agenouillent le mousqueton à l'épaule.)

SCÈNE II

PHILOCOME, LUCIEN, LES FRANCS-TIREURS.

PHILOCOME, passant sa tête à gauche.

Je ne vois que la lune! Il n'y a pas de danger, nous pouvons entrer. (Il entre en scène.

LUCIEN, entrant.

Entrons.

CINQUÈME FRANC-TIREUR.

Je vois quelque chose!

LE CHEF.

Ce sont des hommes!

SIXIÈME FRANC-TIREUR.

C'est pour ça que je voyais des cornes.

LE CHEF.

Silence!

PHILOCOME.

Brrou!... Comme c'est triste ici!... (Apercevant les francs-tireurs.) Ah! quelqu'un!

LUCIEN.

Oui!

PHILOCOME.

On nous couche en joue, ce sont des brigands.

TOUS, descendant en scène.

Des brigands!

LUCIEN.

Ne craignez rien, mon oncle, ce sont les francs-tireurs!

LE CHEF.

Les francs-tireurs des Vosges.

PHILOCOME.

Ah! messieurs les francs-tireurs, pardonnez-moi de vous avoir pris pour des chenapans à la clarté de la lune!

SEPTIÈME FRANC-TIREUR

Vous êtes pardonné!

PHILOCOME, examinant le septième franc-tireur.

Sapristi! en voilà un qui n'a pas mangé que des coquilles de noix!

SEPTIÈME FRANC-TIREUR.

Oui, je me porte assez bien, mais j'ai mon père qui se porte encore mieux que moi.

PHILOCOME.

Ah!

SEPTIÈME FRANC-TIREUR.

Seulement, il est plus vieux.

PHILOCOME.

Ah! votre père est plus vieux que vous! (A Lucien.) Il est bête ce gros-là!

LUCIEN.

C'est l'émotion!

PHILOCOME.

Vous êtes des soldats, alors?

LE CHEF.

Non, mais au besoin, nous pourrions le devenir! C'est une institution pour former l'adresse des hommes au tir. Tous les pays nous imiteront, je l'espère, et gare alors à ceux qui viendraient pour franchir nos frontières.

TOUS.

Oui! oui!

PHILOCOME.

Ah! il est chauvin celui-là!

TOUS.

Vivent les francs-tireurs!

CHŒUR.

AIR *nouveau de M. J. Javelot.*

Enfants des Vosges, nous sommes
Cinq cents francs-tireurs!
Fier bataillon de beaux hommes,
Lurons, francs buveurs,
Tra, la, la, la (*bis*).
L'écho des bois giboyeux,
Tra, la, la, la (*bis*).
Répète nos refrains joyeux.

LE CHEF.

I

Le franc-tireur est, de ce monde,
L'image de la vérité.
Tout but sous la calotte ronde
Est cible pour l'humanité;

Le pauvre tire à la fortune,
L'amant tire au but de l'amour,
Et le commerçant, sur la lune
Tire plus souvent qu'à son tour!

CHŒUR.

Enfants des Vosges, nous sommes
Etc., etc., etc.

LE CHEF.

II

La femme tire à la toilette,
Elle est plus que nous, franc-tireur;
Pour cible, l'adroite coquette
Prend des actions au porteur.
Le pique-assiette à la dépense
Tire toujours, et nos amis
Tirent sur notre bourse! En France,
Le tir est un usage admis.

CHŒUR.

Enfants des Vosges, nous sommes,
Etc., etc., etc.

LE CHEF.

III

Quel est notre but sur la terre,
A nous, paysan franc-tireur :
C'est de savoir un jour de guerre
Viser l'ennemi droit au cœur.
Que chaque homme fasse de même,
Que le tir devienne sa loi,
France, la paix que chacun aime
Saura rester toujours chez toi!

CHŒUR,

Enfants des Vosges, nous sommes,
Etc., etc., etc,

PHILOCOME.

Messieurs, vous êtes... je vous fais... je vous dis... n'est-ce pas, mon neveu?

LUCIEN.

Oui, mon oncle!

LE CHEF.

Et nous ne broncherons pas au feu, morbleu! Nous connaissons notre affaire!... Francs-tireurs, attention à la manœuvre pour la chasse comme pour la guerre! (*Ils recommencent la manœuvre en chantant.*)

CHŒUR.

AIR *nouveau de J. Javelot.*

Pour la chasse l'on part, en avant franc-tireur!
Sur le flanc des rochers, marche toujours sans peur;
La carabine au poing, guette le fin gibier
Qui passe tout craintif sous l'ombre du hallier.

PREMIER FRANC-TIREUR.

Nous sommes de gais chasseurs.

DEUXIÈME FRANC-TIREUR.

Francs lurons et bons viveurs.

TROISIÈME FRANC-TIREUR.

Et dans les bois, franc-tireur.

QUATRIÈME FRANC-TIREUR.

Nous marchons tous sans peur.

CINQUIÈME FRANC-TIREUR.

Et s'il fallait au combat,

SIXIÈME FRANC-TIREUR.

Se battre comme un soldat,

SEPTIÈME FRANC-TIREUR.

Tout comme dans les forêts,

HUITIÈME FRANC-TIREUR.

Nous serons toujours prêts.

ENSEMBLE.

L'ennemi vient à nous, attention franc-tireur!
Genou terre! joue! feu! Vise toujours au cœur.
La patrie en danger appelle ses enfants,
Francs-tireurs, nous voilà, nous sommes tous présents.

NEUVIÈME FRANC-TIREUR.

Vite formons le carré.

DIXIÈME FRANC-TIREUR.

Que chaque rang soit serré.

LE CHEF.

La baïonnette en avant,
Placez-vous vivement.

TOUS.

Que la main ne tremble pas,
Voilà donc le branle-bas!
Que l'on passe sur nos corps,
Ne comptons pas les morts!
Marchez donc, bataillon,
Et de votre chanson
Qu'on entende soudain
Le rustique refrain.
En ligne, formez-vous,
Et prenons garde à nous!
Et, légers voltigeurs,
Filons en tirailleurs!
Que l'on commence le feu,
Chargez vivement, morbleu!
Bravo, les francs tireurs!
Nous voilà donc vainqueurs;
Vous êtes bons soldats,
Dignes de tous combats,
Dans les bois, franc-tireur,
Tout comme au champ d'honneur,
Pour la chasse, etc.

Fin de la manœuvre.

PHILOCOME.

Magnifique! Je demande à m'engager.

LE CHEF.

Plus tard; aujourd'hui, nous partons en chasse, et de ce côté, vous avez éventé le gibier. Adieu! Francs-tireurs! en avant!

ENSEMBLE.

AIR de J. Javelot.

Sur la roche aride,
Et d'un pas rapide,
Hop!
Hop!
Hop!
Toujours là!
Toujours là!
Holà!
Holà!
Sur la roche aride,
Et d'un pas rapide,
Nous voilà!
Nous voilà!
Oui, nous sommes là!

LE CHEF.

Nous allons suivre cette route,
Toujours gaîment, toujours content!
Visons bien le chevreuil qui broute,
Allons, francs-tireurs, en avant!

TOUS.

Hurrah! (*4 fois.*)

LE CHEF.

Saluons le jour qui se lève,
Par nos chants remplis de gaîté!
La guerre au gibier, pas de trêve,
Tirons, malgré l'obscurité!

ENSEMBLE.

Sur la roche aride,
Etc.

En reprenant le chœur, les francs-tireurs défilent et se groupent sur le pont et dans les rochers.

ACTE QUATRIÈME

Sixième Tableau

COTELETTES DE MÉCANIQUE A LA PURÉE D'INVENTION

Un petit salon. De tous côtés des mécaniques; porte au fond; portes latérales. — Au fond est accrochée une affiche, portant, en gros caractères, ces mots : *Ici on achète les brevets d'invention.*

SCÈNE PREMIÈRE

DUTOQUÉ, seul, puis PHILOCOME, LUCIEN.

DUTOQUÉ, regardant à sa montre.

Midi! Voici l'heure où les inventeurs vont pénétrer dans mon temple! s'il y a de bonnes affaires à traiter, de bons brevets à acheter, je ne manquerai pas le coche. C'est comme cela que ça se pratique. Un autre invente, j'achète à bas prix; il crève de faim, mais, moi, je fais fortune. Les affaires des autres ne me regardent pas!... Voilà ce que j'appelle protéger l'humanité!

PHILOCOME, paraissant au fond.

Monsieur Dutoqué, S. V. P.

DUTOQUÉ.

Entrez, messieurs, entrez. (Voyant Lucien.) Eh! ce cher ami Lucien.

LUCIEN.

Moi-même, mon cher Dutoqué. Je vous présente M. Philocome, mon oncle.

PHILOCOME, saluant.

Monsieur! (Ils se saluent.)

LUCIEN.

Un incrédule, qui ne veut pas croire au progrès de l'invention.

PHILOCOME.

Permettez, monsieur mon neveu, je me rends toujours à l'évidence.

DUTOQUÉ.

Heureusement, monsieur; car ici vous verrez des choses surprenantes, des inventions merveilleuses. Voici justement l'heure où je reçois les inventeurs.

SCÈNE II

DUTOQUÉ, PHILOCOME, LUCIEN, LE PAPIER PEINT, entrant. Il porte un rouleau de papier sous le bras, un pot à colle et un pinceau.

LE PAPIER PEINT.

Monsieur Dutoqué?

DUTOQUÉ.

C'est moi, madame.

LE PAPIER, s'avançant.

Vous achetez les brevets d'invention?

DUTOQUÉ.

Quand cela en vaut la peine, oui, madame. (A Philocome.) C'est une inventrice.

PHILOCOME.

Ah! madame a inventé?...

LE PAPIER.

Une chose phénoménale! Le papier-étoffe... à votre service.

DUTOQUÉ.

Je prends note! (Il tire un calepin de sa poche et prend des notes, une plume, un encrier en bandoulière.)

PHILOCOME.

Le papier-étoffe!... Et l'on fait avec cela?...

LE PAPIER.

Des robes!

PHILOCOME.

Des robes!

LE PAPIER.

On a bien fait des devants de chemises, des jupons, des cols, des faux-cols.

AIR *nouveau de* M. Jules Javelot.

D'après moi, le papier remplace
L'étoffe aux brillantes couleurs:
Sur la femme il trouve sa place,
En dépit de tous les railleurs!
Le mari jaloux de sa femme
Applaudit à ce procédé;
Car aussitôt qu'un cœur s'enflamme,
Crac! l'étoffe sent le brûlé!
Une femme qui se dérobe,
Aux soupçons d'un mari jaloux,
Inscrit sur un bout de sa robe
L'heure et le lieu du rendez-vous...
Vous n'avez pas besoin de livre
Pour inscrire votre budget;
Par la femme faites-vous suivre,
Vous aurez toujours un carnet.
Ce nouveau système renverse,
Les registres du commerçant,
Nous avons la robe commerce
Pour inscrire un compte courant.
Un riche éditeur se propose,
D'accord avec un romancier,
De faire paraître sa prose
Sur le dos d'un' femme en papier.

PHILOCOME, continuant en chantant.

L'invention est des plus sottes!

LE PAPIER.

Sotte!

PHILOCOME.

Oui, je vais spécifier,
On ne f'ra jamais qu' des cocottes
Avec vos femmes en papier.

DUTOQUÉ.

Je prends note.

LE PAPIER.

Vous êtes difficile.

LUCIEN.

Comment, d'ailleurs, voulez-vous qu'une couturière puisse faire une robe avec ça? Coudre dans du papier; c'est idiot.

LE PAPIER.

Les couturières n'ont rien à voir là-dedans.

PHILOCOME.

Alors, qui est-ce qui façonne?

LE PAPIER.

Le peintre-colleur!

PHILOCOME.

Le peintre-colleur!

DUTOQUÉ.

Je prends note.

SCÈNE III

LES MÊMES, SAPHIR.

SAPHIR, entrant.

Ah! enfin!

LE PAPIER.

Saphir.

SAPHIR.

Je vous trouve!... je vous cherchais! Il vient d'arriver un accident à ma robe!

LE PAPIER.

Un accroc! je vais, messieurs, puisque l'occasion se présente, vous montrer comment on opère?

PHILOCOME, à Saphir.

Ah! madame porte une robe en papier?

LE PAPIER.

C'est un de mes prospectus.

LUCIEN.

Elle est en papillotte comme une côtelette de veau! (Philocome veut toucher la robe.)

SAPHIR.

Ne touchez pas, monsieur! ne touchez pas! ça craint l'eau, le soleil, le brouillard et les doigts.

DUTOQUÉ.

Je prends note.

PHILOCOME.

Mais, saperlipopette, si ça craint tout ça, on ne peut jamais sortir de chez soi!

LE PAPIER.

Quand il gèle.

PHILOCOME.

Grand merci.

DUTOQUÉ.

Je prends note.

LE PAPIER.

Où est l'accroc?

SAPHIR.

Voici. Faites-moi une bonne réparation, n'est-ce pas?

LE PAPIER, coupant un morceau de papier après son rouleau.

Ne craignez rien... (Elle se met à recoller l'accroc de la robe.)

AIR : *Carnaval de Meissonnier.*

Ne bougez pas, c'est l'affair' d'un' seconde,
Deux coups d' pinceau, tout sera réparé;
Puis, vous pourrez étaler dans le monde
Ce beau papier au reflet azuré.

PHILOCOME.

C'est très-joli, je n' puis dir' le contraire,
On pourra donc et grâce à ces jupons,
Trouver toujours une femme légère
Pour l'enlever! ça doit plaire aux garçons.

LE PAPIER.

C'est fait? Vous voyez!... Prenez-vous mon invention? (Saphir pirouette sur elle-même.)

DUTOQUÉ.

Vous repasserez demain. J'ai pris note.

LE PAPIER, à Philocome.

Et vous, monsieur?

PHILOCOME.

J'ai besoin de réfléchir sur la solidité.

LE PAPIER.

Ah! l'on méconnaît mon génie!

ENSEMBLE.

AIR *nouveau* de M. Jules Javelot.

LES AUTRES.	LE PAPIER, SAPHIR.
Croyez-nous plus de sagesse,	Malgré leur impolitesse,
Mettez aux vieux papiers, l'teint,	Allons étaler le teint,
La grâce, la gentillesse	La grâce, la gentillesse
De la robe en papier peint.	De la robe en papier peint.

(Ils sortent.)

PHILOCOME.

Ils sont insensés... avec leur invention.

LUCIEN.

Plus d'âge d'or... C'est l'âge du papier!

SCÈNE IV

PHILOCOME, LUCIEN, UN MONSIEUR, UNE DAME.

LE MONSIEUR et LA DAME, entrant comme deux fous. Le monsieur porte un rouet et un plateau sur un trépied.

Qui parle d'inventions?... Qui parle d'inventions?

PHILOCOME.

Ah! mon Dieu! qu'est-ce que c'est que ces particuliers?

LUCIEN.

Des inventeurs!

LE MONSIEUR.

Oui, monsieur, j'ai inventé quelque chose d'ébouriffant, d'abracadabrant, de mogolant, de chaillotant.

LA DAME.

Et moi quelque chose d'épatant.

PHILOCOME.

Le moyen de se passer de garçons de café?

LE MONSIEUR et LA DAME.

Non! non! non! c'est autre chose!... Nous avons...

PHILOCOME.

Pardon, expliquez-vous... Mais pas ensemble.

LUCIEN.

L'un après l'autre!

LE MONSIEUR.

Vous avez raison! Honneur aux dames! (À la dame.) Commencez, madame! (Il dépose au fond son rouet et son plateau.)

DUTOQUÉ.

Je prends note.

LA DAME.

Je commence!... monsieur, je suis couturière.

PHILOCOME.

Ah! ah! charmant commerce qui permet d'admirer les grâces.

LUCIEN.

Et les maigres!...

LA DAME.

Maison de confiance, brevetée S. G. D. G. J'ai inventé la robe révélatrice ou le guide du mari jaloux.

PHILOCOME.

Le guide du mari jaloux?... Je ne comprends pas bien.

LA DAME.

Êtes-vous marié?

PHILOCOME.

Je le suis... oui, madame... marié!... C'est tout ce que je suis.

LA DAME.

Qu'en savez-vous?

PHILOCOME.

Comment, ce que j'en sais!

LA DAME.

Voulez-vous le savoir?

LUCIEN.

Par quel moyen?

LA DAME.

Au moyen de mon invention...

PHILOCOME.

Ah! vous savez ça par votre invention!

LA DAME.

Par la musique. J'ai inventé la robe piano. Vous sortez avec votre femme, elle a revêtu mon appareil. Vous allez dans une promenade, au spectacle, dans un salon, sur le boulevard.... N'importe où. Il est impossible qu'un amoureux effleure même le bas de sa robe, sans que son mari en soit averti.

LUCIEN.

Tiens! tiens! tiens!...

PHILOCOME.

Voilà qui est curieux!

LA DAME.

Et je le prouve. Je suis revêtue de mon appareil... si vous voulez...

PHILOCOME.

Comment! vous voulez que nous effleurions?

LA DAME.

Je vous le permets!

PHILOCOME.

Oh! alors...

AIR : *Et voilà comme tout s'arrange.*

Voyons donc!

Il touche le bras de la dame. On entend une note de musique.

Eh! mais... c'est un mi!

LUCIEN.

L'invention est curieuse
Et de ce côté?

Même jeu de l'autre bras.

C'est un si.

PHILOCOME.

Ah! qu'elle idée ingénieuse!

LUCIEN.

Voyons encore.

Il touche l'épaule.

Ah! c'est un fa!

PHILOCOME.

Les femmes vont être bien sottes.

Lui touchant le dos.

Un do!

Lui prenant la taille.

Dieu! le superbe la!

A Dutoqué.

Inscrivez bien vite cela.

A la dame.

Vous avez de bien belles notes!
Ah! vous avez de belles notes!

LUCIEN.

C'est complet. (Il touche des deux mains, la taille de la femme, on entend l'air : *J'ai du bon tabac.*)

PHILOCOME.

Ah!

LA DAME.

C'est splendide!

AIR : *Je veux finir comme j'ai commencé.*

A notre époque où par cent amoureux,
Toutes les femme's, hélas! sont obsédées,
On ne pourrait, je le crois, trouver mieux
Pour empêcher les coupables idées,
J'ai moi, l'ami' des maris, inventé
Le piano-robe de sûreté.

A ce moment, on entend des notes dans quelques parties de la salle.

Entendez-vous!... J'en ai vendu! ça fait de l'effet!

LUCIEN.

On effleure des robes par-là.

PHILOCOME.

On se pince la taille! Je fais une réflexion, madame.

LA DAME.

Parlez.

PHILOCOME.

Si la dame pour ne pas être entendue se débarrasse de son appareil... Comment son mari sera-t-il averti?

LA DAME.

Mais, monsieur, il ne faut pas que son mari la quitte.

PHILOCOME.

Alors, si le mari ne la quitte pas, à quoi sert l'appareil?

LUCIEN.

Mais certainement; d'ailleurs, c'est une invention très dangereuse.

AIR : *Adieu, je vous fuis bois charmants.*

Déjà nous sommes assourdis
Par toutes les femmes honnêtes,
Qui pianotent dans Paris,
C'est un bruit à nous rendre bêtes.
Pourrons-nous rester quelque part
S'il faut, grâce à vos manivelles
Entendre jouer du piano par
Toutes les femmes infidèles.

PHILOCOME.

C'est égal, moi, je lui fais mes sincères compliments.

LE MONSIEUR.

C'est pour moi, monsieur, qu'il faut les réserver, car mon invention est plus qu'étonnante.

PHILOCOME.

Vraiment? Et qu'avez-vous inventé de si plus qu'étonnant?

LE MONSIEUR.

Monsieur, je suis dentiste!

PHILOCOME.

Dentiste! Monsieur, mes sincères compliments.

LE MONSIEUR.

N'interrompez pas!

PHILOCOME.

Allez, Monsieur, je n'interromps pas!

LE MONSIEUR.

J'ai étudié avec patience l'extraction des canines, des incisives, des molaires, des œillères et des dents de sagesse!

LUCIEN.

Bien!

LE MONSIEUR.

N'interrompez pas!

PHILOCOME.

Allez, Monsieur, nous n'interrompons pas!

LE MONSIEUR.

Ayant fait toutes ces études sur la dentition, j'ai voulu, contrairement à tous mes confrères, qui font souffrir les malades, prouver que l'on pouvait, sans douleur, arracher une dent, qu'elle fût incisive, canine, molaire, œillère ou de sagesse!

DUTOQUÉ.

Je prends note!

LE MONSIEUR

N'interrompez pas!

PHILOCOME, à Dutoqué.

N'interrompez donc pas, vous!

LE MONSIEUR.

Or, j'ai inventé un truc!

TOUS.

Un truc.

PHILOCOME.

Pour arracher les dents?

LE MONSIEUR.

Sans douleur!

PHILOCOME.

Par exemple!

LE MONSIEUR.

Et sans instrument!

LUCIEN.

Sans instrument!

PHILOCOME.

Avec vos doigts?

LE MONSIEUR.

Non!

PHILOCOME.

Avec la pointe d'une épée?

LE MONSIEUR.

Non, Monsieur, et voici où est le sublime du sublime de mon invention!

DUTOQUÉ.

Je prends note!

LE MONSIEUR, prenant son plateau et son rouet et les apportant en scène.

J'arrache les dents avec ceci : L'appareil pistoleco-sanodoloro-électrico-dentico! (Il passe la ficelle qui tient au tour du rouet dans un trou se trouvant au centre du plateau.)

PHILOCOME.

Dentico! Pas possible! C'est une ficelle!

LE MONSIEUR.

Tenant à mon appareil! Avez-vous une dent à arracher?

PHILOCOME.

Oui! J'ai précisément une racine!

LE MONSIEUR.

Carrée!

PHILOCOME.

Après ça, elle est peut-être cubique! Je n'ai jamais pu la voir de près!

LE MONSIEUR.

Bravo! Je vous la ferai voir, moi, monsieur! J'arracherai la racine quelle qu'elle soit! Et sans douleur! Voulez-vous que j'opère?

PHILOCOME.

Allez-y! Là, au fond! Je suis curieux de voir ça!

LE MONSIEUR.

J'attache le bout de cette ficelle à votre dent! (Il lui entre le bout de la ficelle dans la bouche.)

PHILOCOME.

Hein!

DUTOQUE.

Je prends note!

LE MONSIEUR.

N'interrompez pas!

PHILOCOME.

Sapristi! C'est gênant!

LE MONSIEUR.

Donc, la dent est attachée! Je tourne ma roue! suivez le mouvement de la ficelle! (Il commence à tourner son rouet.)

PHILOCOME, suivant le mouvement de la ficelle.

Sapristi! Ne tirez pas le cordon!

LE MONSIEUR.

Allez toujours! Elle va partir toute seule! Une! Deux! (Philocome est arrivé jusqu'au plateau, sa joue y touche alors, un coup de pistolet part. Philocome pousse un cri, ouvre la bouche, lâche la ficelle. Une grosse dent est au bout.)

PHILOCOME.

Ah! misérable! Il m'a arraché la machoire!

LE MONSIEUR.

C'est une idée que vous vous faites! Voici la racine extirpée! (Il montre la dent.)

PHILOCOME.

C'est vrai! Ah! j'avais une aussi grosse racine que ça?

LE MONSIEUR.

AIR *de Turenne.*

Le système est des plus habiles,
Un seul fil est mon instrument.
Parmi les grands hommes utiles
Le progrès, glorieusement,
Devra classer mon nom vraiment.
En vous opérant de la sorte,
Je puis dire, certainement:
Si vous avez un mal de dent,
Ma ficell' le met à la porte! (*bis.*)

PHILOCOME.

C'est miro-bo-lant.

LE MONSIEUR.

C'est tout simplement abrutissant d'épatement, mais j'ai inventé encore quelque chose.

PHILOCOME.

Quoi donc?

LE MONSIEUR, prenant un fusil dans la coulisse.

Le fusil de l'exposition.

PHILOCOME.

Ah! ne tirez pas!

LE MONSIEUR.

Il n'est pas chargé.

PHILOCOME.

On a vu des fusils qui n'étaient pas chargés et qui partaient tout de même.

LE MONSIEUR.

Il n'y a aucun danger.

PHILOCOME.

Parlez alors!

LE MONSIEUR.

C'est un fusil qui vaut cinq cent mille francs.

LUCIEN.

Il est donc bon?

LE MONSIEUR.

Ni bon, ni mauvais! C'est un fusil qui boulotte.

PHILOCOME.

Mais s'il ne fait que boulotter, pourquoi vaut-il cinq cent mille francs?

LE MONSIEUR.

C'est à cause des diamants qui sont dessus.

LUCIEN.

Mais à quoi servent les diamants qui sont dessus?

LE MONSIEUR.

Ça sert à l'enrichir!

PHILOCOME.

A ce compte-là votre fusil pourrait valoir un million, deux millions, dix millions. Il ne s'agirait que d'y mettre les diamants nécessaires?

LE MONSIEUR.

Il ne s'agirait pas que de les y mettre; il s'agirait encore de les avoir.

PHILOCOME.

Ah! sapristi!... je n'y pensais pas!

LE MONSIEUR.

On doit faire examiner mon fusil et si les diamants sont vrais, le fusil sera récompensé.

PHILOCOME.

Très-beau, magnifique.

SCÈNE V

LES MÊMES, LE CANON MONSTRE.

LE CANON.

Moins magnifique que ce que j'ai trouvé, monsieur

PHILOCOME.

Un étranger!

LE CANON.

Un inventeur.

DUTOQUE.

Je prends note.

PHILOCOME.

Ah! monsieur a aussi inventé quelque chose?

LE CANON, allant à la coulisse.

Voici mon invention. (Il roule le canon et un boulet.)

PHILOCOME.

Rien que ça de canon?

LE MONSIEUR.

Ous' qu'est mon fusil!

LE CANON.

Et voici le projectile.

PHILOCOME.

Excusez du peu, quelle bille de billard!

LE CANON.

C'est infaillible comme résultat.

PHILOCOME.

Ça doit coûter cher, un coup de canon comme ça.

LE CANON.

Mille francs.

LUCIEN.

Et si on tirait cent coups?

LE CANON.

Ça ferait cent mille francs.

PHILOCOME.

Merci.

AIR :

Entre nous je puis vous le dire,
C'est une sotte invention,
Qui ne peut que me faire rire :
Mille francs un coup de canon!
Cette arme qu'ici l'on renomme
Ne vaut pas sa charge de fer.
Morbleu! lorsque l'on tue un homme,
Le coup paraît toujours trop cher.

LE MONSIEUR.

Vous avez beau dire, monsieur. C'est tout simplement l'aquarium du génie!

PHILOCOME.

L'aquarium! oh! monsieur, ne me parlez pas d' ça! vous me donnez des titillements dans le nez et dans les doigts de pied. Voir l'aquarium et mourir, voilà mon rêve!

SCÈNE VI

LES MÊMES, L'AQUARIUM.

L'AQUARIUM.

Ne mourez pas, jeune vieillard, et écoutez-moi.

PHILOCOME.

Vous écouter! Qui êtes-vous donc, madame?

L'AQUARIUM.

L'Aquarium! Le grand Aquarium! Une invention!

PHILOCOME.

Vous?

LUCIEN.

Oui, mon oncle, et il vous montrera tous les poissons qu'il renferme.

PHILOCOME.

Je marche d'étonnement en étonnement! Vous allez vous ouvrir pour me montrer des poissons!

L'AQUARIUM.

Humanisés, entendons-nous! car le monde n'est qu'un grand aquarium dont je vais faire défiler les hôtes devant vos yeux et que je vais vous montrer avec la loupe de mon expérience.

PHILOCOME.

Vraiment?

L'AQUARIUM.

Écoutez!

AIR : *Je suis la muse du printemps.*

Le monde est un aquarium,
Où chacun peut se reconnaître,
Le valet et même le maître,
Chacun se voit dans cet album,
Ce monsieur qui toujours demande,
Courbant son élastique dos,
C'est le portrait de la limande,
Aussi plat, mais un peu plus gros.
Apercevez cet usurier,
A vous dépouiller trop habile,
On l'appelle le crocodile;
De ses dents, il faut se défier.
Ce pleutre qui trempe dans l'encre,
Sa plume pour compter son or
C'est le type infâme du cancre;
Ne vivant que pour son trésor.
Le gandin qu'on nomme crevé,
Raide et pimpant dans sa toilette,
Est le mâle de la crevette,
Bien triste pour l'humanité.
Ceux qui s'attachent à vos trousses,
Vous appelant ami, bien cher,
Sont les pique-assiettes des bourses,
On les nomme araignées de mer.
Cet hypocrite qui nous fait
Cent morsures sous un sourire,
Et dont la dent toujours déchire,
N'est que l'image du brochet.
Il est des sots sur qui tout glisse,
Progrès... beaux-arts, inventions;
On les compare à l'écrevisse,
Ils ne marchent qu'à reculons.
Le merlan, c'est un perruquier,
L'huître, c'est la bête cocotte,
La moule, c'est la femme sotte,
Le thon, c'est le chic tout entier.
Comme la mer a des couleuvres,
Le monde a les siennes aussi.
Les gandines, sont des pieuvres!...
D'elles méfiez-vous ici!
Oui, le monde est l'aquarium
Où chacun peut se reconnaître,
Le valet et même le maître,
Chacun se voit dans cet album!...

LUCIEN.

Avez-vous vu quelque chose, mon oncle?

PHILOCOME.

Rien de rien!.. mais c'est égal, je me sens transporté. C'est bien beau!.. Je puis mourir.. Les hommes des poissons, et les poissons des hommes!.. Ah! madame l'Aquarium, il y a cinq minutes, je ne savais pas ce que vous étiez. Maintenant, c'est différent, je ne le sais pas davantage, mais je vous remercie de me l'avoir appris!

L'AQUARIUM.

Il n'y a pas de quoi! Si vous voulez me revoir, voici mon adresse. (Il lui tend une carte.)

PHILOCOME, prenant la carte et lisant.

Monsieur Paris, maison Paris, rue de Paris, dans Paris!...

L'AQUARIUM.

Très-facile à trouver.

LA DAME à Philocome.

Si vous voulez un corset ?..

PHILOCOME.

Ça, ça ne me regarde pas, ce ne sont pas mes affaires.

LE MONSIEUR.

Si vous avez des dents à arracher, n'oubliez pas mon appareil.

PHILOCOME.

Dentico-Saligo-Pistoco, oui.

DUTOQUÉ.

J'ai pris note, vous reviendrez demain.

ENSEMBLE.

AIR :

LES AUTRES.	PHILOCOME, LUCIEN.
Nos inventions merveilleuses Ont fait courir tout Paris, Ces choses prodigieuses Ouvrent ses yeux tout surpris.	Que d'inventions merveilleuses On nous montré dans Paris, Ces choses prodigieuses Ouvrent ses/mes yeux tout surpris.

Le Monsieur, l'Aquarium et la Dame sortent.

SCÈNE VII

PHILOCOME, LUCIEN, DUTOQUÉ.

PHILOCOME.

Je suis étourdi... ahuri... abruti... c'est.... fantastique!..

LUCIEN.

Je vous en ferai voir bien d'autres!

PHILOCOME.

Mon neveu, tu es digne du Panthéon! Oh! je vais envoyer un article sur ces inventions au journal de Gennepy-les-Coquelourdes. Y a-t-il une poste par ici?

SCÈNE VIII

LUCIEN, PHILOCOME, LA POSTE ATMOSPHÉRIQUE, LE TÉLÉGRAPHE ÉLECTRIQUE.

LA POSTE, entrant un long tube à la main.

Une nouvelle à porter... à lancer... présent !... La Poste atmosphérique... parcours de cent lieues en une seconde.

PHILOCOME.

Ah! très-bien!

LE TÉLÉGRAPHE, entrant.

Une lettre à porter... à lancer... présent! Le Télégraphe électrique... parcours de cent lieues en une seconde.

PHILOCOME.

Ah! voyons. Il faut s'entendre; vous portez une lettre en une seconde à cent lieues d'ici et lui aussi. Si vous êtes aussi vifs l'un que l'autre, on en a besoin que d'un, que l'autre aille se coucher. Quel est celui qui ment de vous deux?

LA POSTE, désignant le télégraphe.

C'est lui!

LE TÉLÉGRAPHE, désignant la poste.

C'est lui!

PHILOCOME.

Vous verrez que ce sera moi, tout à l'heure. Voyons, ne crions pas et faites vous juger. Vous, la poste atmosphérique, comment procédez-vous?

LA POSTE.

C'est simple comme bonjour. A l'aide d'un tube...

LUCIEN.

C'est une sarbacane pour tuer les pierrots que vous avez là...

LA POSTE.

Ne plaisantons pas!... Voici mon tube conducteur. Vous avez une lettre, un objet quelconque à envoyer à tel endroit... Vous me donnez l'objet... admettons que ce soit une lettre... (Elle prend une lettre et la met en boule de papier.) Je l'introduis dans mon tube... (Elle introduit la boulette dans le tube.) Je souffle un seul coup!... et v'lan, ça y est! (Elle souffle, la boulette de papier vient frapper l'œil de Philocome).

PHILOCOME.

Pan! dans l'œil! Ah! que c'est bête!

LA POSTE.

Ça n'est pas plus difficile que ça!...

PHILOCOME.

La lettre est chiffonnée et ça vous crève un œil.

LA POSTE.

Si ça saute aux yeux, on ne peut pas manquer de le voir.

PHILOCOME.

Ah! c'est une bien jolie invention.

LE TÉLÉGRAPHE.

Et dire qu'elle ose vouloir lutter avec moi, le Télégraphe électrique. Avec moi qui porte en une seconde une nouvelle d'un bout de l'univers à l'autre, rien qu'au moyen d'un fil.

AIR *nouveau de M. J. Javelot.*

Pif! paf! paf! pif!
Mon fil actif
S'appell' télégraphe électrique.
Pif! paf! paf! pif!
L' son fugitif
D' la parole par moi s' communique,
Pif! paf! paf! pif!
Comme un éclair,
Pif! paf! paf! pif!
Traversant l'air,
D'ici jusqu'au pic Téréniff.
Prompt messager, je donne à la pensée
Un vol terrible! c'qu'on me dit tout bas,
Mes étincelles en foule pressée
Partant d'ici, le répètent là-bas.
Voulez-vous un paquet d' chandelle?
Pif! paf! paf! pif!
Voulez-vous deux sous d'eau d'javelle?
Pif! paf! paf! pif!
Voulez-vous, amant trop craintif,
Parler d'amour? Pif! paf! paf! pif!
J' saute d'un bond, moi toujours vif,
J' dis à votre amoureux, paf' pif!
Pif! paf! paf! pif!
Etc., etc.

PHILOCOME.

Oui, mais voilà une chose que je n'ai jamais pu comprendre.

LUCIEN.

Quoi?

PHILOCOME.

Qu'on puisse faire dire ici, par un fil, ce qu'on veut expliquer et que ça vous réponde là-bas.

LUCIEN.

C'est bien facile cependant.

LE TÉLÉGRAPHE.

Vous ne savez donc pas ce que c'est que le télégraphe électrique?

PHILOCOME.

Je sais bien ce que c'est, mais je ne le comprends pas.

LE TÉLÉGRAPHE.

Je vais vous l'expliquer. Figurez-vous que vous avez un chien.

PHILOCOME.

Un chien, monsieur, mais je n'en ai pas!

LE TÉLÉGRAPHE.

C'est pour cela que je vous dis de vous figurer que vous en avez un.

PHILOCOME.

Allez, je me le refigure.

LE TÉLÉGRAPHE.

Figurez-vous que ce chien soit aussi long que de Paris à Pékin.

PHILOCOME.

Mais! c'est une bêtise que vous me dites-là. Il n'y a pas de chien aussi long que ça.

LE TÉLÉGRAPHE.

Ça ne fait rien, figurez-vous qu'il y en a un.

PHILOCOME.

Allez, je me le refigure.

LE TÉLÉGRAPHE.

Eh bien, votre chien a la tête à Pékin et la queue à Paris.

PHILOCOME.

Oui.

LE TÉLÉGRAPHE.

Vous lui marchez sur la queue à Paris, et il aboie à Pékin. Voilà ce que c'est que le Télégraphe électrique.

PHILOCOME.

Ah! oui... mais si je suis à Pékin.

LE TÉLÉGRAPHE.

Eh bien, vous dites au chien de se retourner.

PHILOCOME.

Bravo! J'ai saisi. (A part.) C'est drôle, je ne comprends pas du tout.

LE TÉLÉGRAPHE.

Je suis seul maître du monde.

LUCIEN.

Vous en abusez.

AIR : *Bonjour mon ami Vincent.*

Un inventeur inventa
Le télégraphe électrique,
C'est la pile de Volta
Que l'on a mise en pratique.
La pile aujourd'hui se fourre partout,
Pile ici, pil' là, pil' enfin surtout.
D' ces piles, de grâce,
Qu' voulez-vous qu'on fasse?
On se pilera
Pile chacun s'ra,
L' soldat

Au combat,
Une pile aura
Et battra
L'enn'mi d' sa pile et l' pilera.

LE TÉLÉGRAPHE.

Il n'y a rien de plus beau que mon invention.

SCÈNE IX

LES MÊMES, LE BALLON-CAPTIF, LE BATEAU-MOUCHE

LE BALLON, entrant.

Après moi!

LE BATEAU, entrant.

Après moi!

PHILOCOME.

Après vous ? Il faudrait savoir pour cela qui vous êtes et ce que vous faites.

LE BALLON.

Je suis le ballon captif.

LE BATEAU

Moi, le bateau omnibus la Mouche.

PHILOCOME.

Enchanté de faire votre connaissance. (Au ballon.) Vous venez de loin ?

LE BALLON.

De l'esplanade des Invalides.

PHILOCOME.

Si loin que ça ?.. Ça n'est pas la peine d'inventer le ballon, on peut aller d'où vous venez en omnibus.

LE BALLON.

Ah! si je n'étais pas captif!

PHILOCOME.

Oui, mais la patte est prise comme les hannetons.... (Au bateau.) Et vous?

LE BATEAU.

Moi durant l'année j'ai fait le service de Charenton à l'Exposition.

PHILOCOME.

Joli parcours... pour les fous... et vous retourniez à Charenton après avoir été à l'exposition. Ça ne m'étonne pas!.. Ça devait être.

LE BALLON.

Nous sommes les deux rois du jour.

AIR : *Pont des soupirs.*

J' montr' gros comme un oisillon
Paris du haut de mon ballon;
Je vole, vole, vole, vole!

LE BATEAU.

Moi je glisse jour et nuit
Sur la Seine, de moi l'on dit :
Il vole, vole, vole, vole!
Je suis un petit bateau!

PHILOCOME.

C'est pour ça qu' vous allez sur l'eau!

LE BATEAU.

Oui, je suis un p' tit bateau,
C'est pour ça que j'vais sur l'eau!

LE BALLON.

II

Je suis retenu captif,
Mais je n'en suis pas moins très-vif.
J'enlève, lève, lève, lève, lève,
Les bons bourgeois de Paris,
Qui se disent tout ahuris :
Je rêve, rêve, rêve, rêve!

PHILOCOME.

En ce cas mieux vaut dormir,
On éprouve autant de plaisir. } *bis.*

Pour le bateau, je comprends son utilité, mais vous?

LE BALLON.

Moi, mais je suis essentiellement utile. Vous avez envie de voir les cheminées de Paris. Vous montez dans ma nacelle et vous êtes satisfait... moyennant vingt francs.

LUCIEN.

Vingt francs pour voir les cheminées de Paris?

PHILOCOME.

J'aime mieux ne pas les voir, à ce prix-là!

LE BALLON.

Vous voyez Paris en raccourci.

PHILOCOME.

Ça c'est différent, si c'est pour nous montrer les vices, les fraudes, les mensonges de Paris de loin, afin que nous n'en soyons pas épouvantés, je constate votre utilité.

AIR :

En ce siècle où tout est douteux,
Où les sots, de plaisirs grotesques,
Osent, hélas! faire leurs dieux!
Ou les vices sont gigantesques;
J'applaudis de vous voir ainsi
Dans l'espace où la foudre gronde,
Nous enlever en ballon, si
Vous nous montrez en raccourci
Toute la bêtise du monde! (*bis.*)

Mais, si c'est tout simplement pour voir marcher les gens gros comme des mouches, et la Seine couler dans son lit, mince comme une aiguille; je traiterai vraiment d'idiots ceux qui vous donneront vingt francs pour se payer un tel spectacle!..

LE BALLON.

Mais, je rends des services.

PHILOCOME.

Vous! allons donc?...

LE BALLON.

Jugez-en... Vous êtes poursuivi pour dettes.

PHILOCOME.

Je n'en ai pas, monsieur.

LE BALLON.

Vous pourriez en avoir, ça coûte si peu... Donc, vous êtes poursuivi, les recors sont à vos trousses... Crac, vous montez dans mon ballon.. on vous enlève... Vous y restez jusqu'au coucher du soleil et vous n'allez pas, vous, coucher à Clichy.

SCÈNE X

LES MÊMES, CLICHY.

CLICHY, entrant.

Clichy!... Qui parle de Clichy?

PHILOCOME.

Clichy. Ça! allez-vous en bien vite, scélérat, brigand, canaille!

CLICHY.

Oh! rassurez-vous! monsieur, je ne suis plus dangereux. Je suis aboli.

PHILOCOME.

Aboli!

CLICHY.

Hélas!

PHILOCOME.

Hélas! vous osez dire hélas!.. Vous qui avez été cause de tant de larmes... de tant de douleurs... de tant de misères!...

CLICHY.

Des misères... des larmes... as-tu fini!.. on me regrette.. on me redemande.

PHILOCOME.

Vous?... une prison!

CLICHY.

Moi?.. une maison de santé pour la jeunesse et pour les débiteurs!...

LUCIEN.

Plaisanterie!...

CLICHY.

Vérité!...

Air de *Saltarello*.

Mais à présent l'on me délaisse,
Je n'entends plus dans mes couloirs
Les chants de la folle jeunesse
Y retentissant tous les soirs.
Bien longtemps je fus à la mode,
Je fus mis à l'ordre du jour;
Les gandins avaient pour méthode
La visite de mon séjour!
Comme le bon vin de Champagne
Retour de Russie, un ami
Vous présentait à sa compagne
En criant : Retour de Clichy!
C'était pour tous un double titre
Au chic, au cachet tout entier,
On traitait même de bélître
L'homme vivant sans créancier.
Chez moi l'on venait se distraire,
Je n'étais pas une prison,
J'étais un cabinet d'affaire,
Un fantastique Trianon.
Mais voici que d'un coup tout change,
On me dit : Zut! Alors voilà
Que de mes amis le mélange
S'envole sans crier : Holà!
Clichy n'est plus, faites des dettes,
Vous le pouvez impunément;
Achetez, faites des emplettes,
Signez des billets, fin courant.
On n'aura plus ma folle ivresse
Pour oublier ses créanciers!
Mon billard, ni mes jeux d'adresse,
Mon restaurant! Les financiers
Peuvent crever l'œil de la lune,
Sans pudeur, on a démoli
Mes portes, et dame Fortune
A dit aux recors : C'est fini!
Oui, maintenant l'on me délaisse,
Je n'entends plus dans mes couloirs
Les chants de la folle jeunesse
Y retentissant tous les soirs!

PHILOCOME.

Sapristi de sapristi!... mais si on s'amusait tant que ça chez vous, vous n'êtes pas à regretter, on a bien fait de vous casser le cou. Vous viviez tout simplement aux dépens des honnêtes gens, vos dupes.

CLICHY.

Vous n'êtes pas de votre siècle.

PHILOCOME.

Ça ne vous regarde pas, ce ne sont pas vos affaires. D'ailleurs, vous n'êtes pas une invention et je ne vois pas pourquoi vous vous mêlez de nos discussions.

CLICHY.

Mais j'étais l'amie des inventeurs.

PHILOCOME.

Ça ne m'étonne pas... Vous êtes abolie, allez vous promener; j'ai à causer du progrès avec monsieur Dutoqué.

ENSEMBLE.

Air *de Jonas*.

PHILOCOME, LUCIEN, DUTOQUÉ.

Allez, partez, puisque l'on vous l'ordonne,
Sur le progrès laissez-nous réfléchir;
Quittez ces lieux où la science raisonne,
Bonsoir, messieurs, au revoir, au plaisir!

LES AUTRES.

Allons, partons, puisque l'on nous l'ordonne,
Sur le progrès laissons-les réfléchir;
Quittons ces lieux où l'esprit déraisonne,
Bonsoir, messieurs, causez donc à loisir!

Tous sortent.

PHILOCOME.

Enfin! nous en voilà débarrassés!

SCÈNE XI

DUTOQUÉ, PHILOCOME, LUCIEN, TOQUANDIN.

TOQUANDIN, faisant un bond de la coulisse sur la scène avec deux énormes bottes sous le bras.

Ah!

PHILOCOME, LUCIEN, faisant un bond.

Ah!

TOQUANDIN.

Rassurez-vous, messieurs! je l'ai trouvée, messieurs, je l'ai trouvée!

LUCIEN.

Quoi?

PHILOCOME.

Qu'avez-vous trouvé?

TOQUANDIN.

La botte révolver.

LUCIEN.

La botte?

DUTOQUÉ.

Révolver?

TOQUANDIN, montrant ses bottes.

La voilà! la voilà! la voilà! ça enfonce le fusil à aiguille!

PHILOCOME.

Pardon, monsieur. Veuillez-vous expliquer?

TOQUANDIN, à Dutoqué.

Volontiers! monsieur! volontiers! volontiers! volontiers! volontiers!... Et vous m'achèterez mon invention?

DUTOQUÉ.

Je prends note!

TOQUANDIN.

Très-bien! N'avez-vous pas remarqué, messieurs, que dans la société, l'homme est souvent désarmé en présence des dangers qui le menacent?

PHILOCOME.

Oui, monsieur, j'ai remarqué.

TOQUANDIN.

Vous traversez un bois, une grande route, une rue déserte!... ou le théâtre de Passy.

PHILOCOME.

C'est absolument la même chose.

TOQUANDIN.

Absolument. Des voleurs vous attaquent, vous n'avez pas d'armes; vous êtes perdus! perdus! perdus!

PHILOCOME.

Tout à fait perdus!

TOQUANDIN.

Non, monsieur! vous êtes sauvés!

DUTOQUÉ.

Je prends note.

TOQUANDIN.

Sauvés, si vous avez mes bottes! mes bottes! mes bottes.

PHILOCOME.

Bah! seraient-ce les bottes de sept lieues?

TOQUANDIN.

Mieux que ça, messieurs! ces bottes sont élastiques en caoutchouc perfectionné! Elles sont chargées à mitraille.

LUCIEN.

A mitraille!

TOQUANDIN.

D'un bond, vous vous éloignez de vos ennemis, et s'ils vous poursuivent, vous les mitraillez à coups de pieds.

PHILOCOME.

Nous les mitraillons!

TOQUANDIN.

J'enfonce par mon invention, le fusil à aiguille, je l'ai dit, et le canon rayé.

LUCIEN.

Bah!

TOQUANDIN.

C'est si simple.

AIR : *On dit que je suis sans malice.*

Dans un' bataille si l'armée
De mes bottes était armée,
En l'apercevant les enn'mis,
Ne lui voyant pas de fusils,
Se diraient, nous devons le croire,
Ils s' rendent, prenons-les : Victoire!
Mais au moment d' les pincer : Pan!
Dans l'œil!... on les mitraille : V'lan!

PHILOCOME.

Pan! dans l'œil!

DUTOQUÉ.

Je prends note.

TOQUANDIN.

Essayez, monsieur, essayez!

PHILOCOME.

Ah! oui! je n'en serai pas fâché; car une pareille invention!

TOQUANDIN.

C'est superbe, monsieur, c'est superbe!

PHILOCOME, mettant les bottes.

Oui, et si c'est vrai, je me payerai volontiers une paire de ces bottes-là pour aller voir *Hamlet*.

TOQUANDIN.

Tout le monde en voudra!

PHILOCOME, qui a mis les bottes.

Maintenant, que faut-il faire?

TOQUANDIN.

Vous relever!

PHILOCOME, il se relève brutalement et se met à rebondir comme une balle élastique.

Eh bien! Eh bien! (Lucien et Toquandin l'arrêtent.)

TOQUANDIN.

Vous voyez! vous voyez! d'un bond.

PHILOCOME.

Oui, mais quand on n'est pas prévenu, c'est désagréable! Que faut-il faire, maintenant?

TOQUANDIN.

Maintenant, nous supposons que les voleurs vous poursuivent.

PHILOCOME.

Oui.

TOQUANDIN.

Vous les attendez de pied ferme, et quand ils sont à portée... Malheureusement, nous n'avons pas de voleur ici.

PHILOCOME.

Oui, c'est bien malheureux!

TOQUANDIN.

C'est égal; vous allez frapper par terre comme si vous frappiez sur un voleur. Ça fera le même effet.

PHILOCOME.

Allons! (Il donne un grand coup de pied par terre. Un coup de pistolet part. Il rebondit très-haut en poussant un cri.) Ah! sapristi! Brigand! scélérat! Tiens! (Il donne avec l'autre botte un coup de pied à Toquandin. Un second coup de pistolet part, Toquandin saute en l'air et disparaît.)

DUTOQUÉ.

Malheureux! qu'avez-vous fait?

PHILOCOME.

Je lui ai brûlé la cervelle! nous sommes perdus! fuyons! (Il va pour sortir, des inventeurs entrent.)

SCÈNE XII

PHILOCOME, DUTOQUÉ, LUCIEN, SIX INVENTEURS.

PREMIER INVENTEUR.

Monsieur! j'ai trouvé le mouvement perpétuel!

PHILOCOME.

Moi aussi! Laissez-moi!

PREMIÈRE DAME.

Monsieur! le chapeau-parapluie.

DEUXIÈME INVENTEUR.

Plus de rhume de cerveau, grâce à la calotte hygiénique.

DEUXIÈME DAME.

Plus de nourrices, achetez les biberons inépuisables!

TROISIÈME DAME.

L'art de paver les rues en caoutchouc!

TROISIÈME INVENTEUR.

L'art de ne jamais payer son terme.

PHILOCOME, rebondissant toujours.

Ah! morbleu!

ENSEMBLE.

AIR *nouveau* de J. Javelot.

LUCIEN, PHILOCOME.

Assez des inventions,
Vieilles et nouvelles,
Je suis / Il est, } meurtrier par elles!
Fi des innovations!

LES AUTRES.

Prenez nos inventions,
Elles sont nouvelles;
On peut s'enrichir par elles,
Quelles innovations!

Philocome rebondit toujours.

ACTE CINQUIÈME

Septième tableau

SALADES DE THÉATRES ASSORTIES

Un salon sur les murs duquel sont collées des affiches de théâtre. La Famille Benoiton. Les Faux bons hommes. Le Juif-Errant. La Tour de Londres. Le Courrier de Lyon. Les Pirates de la Savane. Le Demi-Monde. Rocambole. La Dame aux Camélias.

SCÈNE PREMIÈRE

PHILOCOME, LUCIEN.

Au lever du rideau, ils sont assis et semblent continuer une conversation Philocome a repris son premier costume.

PHILOCOME.

Ah çà! mais dis donc, mon neveu, on ne vient pas vite... tu m'as promis une salade de théâtre assortie. Si je ne la goûte pas plus vite que ça... je pars!...

LUCIEN.

Un peu de patience.

PHILOCOME.

Tout de suite, ou rien.

LUCIEN.

Vous ne voulez point juger le progrès de la littérature théatrale en 1867 alors?

PHILOCOME.

Je n'ai pas le temps!

SCÈNE II

LES MÊMES, LE ROMAN D'UNE FEMME HONNÊTE.

LE ROMAN, paraissant sur le seuil et leur barrant le chemin.

Pardon, monsieur. Vous me jugerez moi... Le Roman d'une femme honnête.

PHILOCOME.

Si vous êtes honnête, madame, il n'y a pas besoin de vous juger...

LE ROMAN.

Je viens du Gymnase.

PHILOCOME.

Quand vous viendriez de la barrière, ça m'est égal.

LE ROMAN.

Pour vous voir, j'ai traversé pré, bois!...

PHILOCOME.

Quand vous auriez traversé la Seine, je m'en moque.

LE ROMAN.

Mais je suis tout ce qu'on a joué de neuf cette année.

PHILOCOME, la faisant descendre en scène.

Ah! c'est autre chose; pardon, madame, vous êtes le Roman d'une honnête femme?

LE ROMAN.

Hélas!

PHILOCOME.

Pourquoi cet : hélas?...

LE ROMAN.

Parce que... comme ma pièce, je ne vous en dis pas davantage!... au plaisir. (Elle sort.)

LUCIEN.

Ah! ah! ah!... Elle est bonne!

PHILOCOME.

Fichtre! non, moi, je la trouve mauvaise... si c'est tout ce qu'on a joué de neuf... (Cris au dehors.)

LUCIEN.

Attendez! j'entends des voix!...

SCÈNE III

PHILOCOME, LUCIEN, LA BICHE AU BOIS, CENDRILLON, PEAU D'ANE, toutes les trois entrent en scène lentement et tristement en baissant la tête. La Biche au bois porte deux poupons.

AIR *nouveau* de J. Javelot.

CENDRILLON.

Ah! plaignez-moi!

LA BICHE.

Ah! plaignez-moi!

PEAU-D'ANE.

Ne plaignez que moi
Sur ma foi!

PHILOCOME.

Je vous plains tous!
Qui êtes-vous?
Vous me faites l'effet de fous!...

CENDRILLON.

Je suis Cendrillon.

LA BICHE.

Je suis la Biche au bois.

PEAU D'ANE.

Je suis Peau d'âne.

PHILOCOME.

Mais vous êtes toutes trois des vieilleries!...

TOUTES LES TROIS.

Des vieilleries!...

CENDRILLON.

J'ai eu quatre cents représentations et je ne suis pas usée.

LA BICHE.

J'en ai eu six cents et je suis verte encore et cependant que de soucis pendant tout ce temps-là.

PHILOCOME.

Ah! oui, ses princes.

PEAU D'ANE.

Moi je n'en ai eu que deux cents, mais si on m'avait poussée!...

PHILOCOME.

Oui, mais ça viendra, allez, on vous reprendra!... On vous repoussera.

PEAU D'ANE.

Je suis si intéressante...

LUCIEN.

Comme la Biche au bois et comme Cendrillon.

PHILOCOME.

Ah! vous avez fait parler de vous. (A la Biche au bois.) Mais qu'est-ce que vous portez donc là?

LA BICHE.

Ça! c'est des princes Soucis.

PHILOCOME.

Comment des princes?

LA BICHE.

Oui, comme on en use beaucoup, et qu'on me reprendra sûrement dans deux, cinq, huit, dix ou vingt ans, j'en élève au biberon pour ne pas être prise au dépourvu. Ces deux-là, complètent mes deux douzaines.

LUCIEN.

On aura de quoi choisir.

PHILOCOME.

Ah! on élève ça à la douzaine.

LA BICHE.

C'est une marchandise si rare que le prince Souci. J'en ai des deux sexes : douze filles, douze garçons.

AIR : *Petits souliers.*

Avec des fill's Soucis, youp! youp!
Petip! petap!
J'élève des Soucis garçons,
Youp, youp, larira don don!
Quand j'ai fini la fill', youp! youp!
Petip, petap,
C'est le tour du petit garçon!
Youp, youp, larira don, don!
Quand le garçon n'a plus l' souffl'e, youp!
Petit, petap;
Je r'prends une fill', et allez donc!
Youp! youp! larira don don!
L' public revient me r'voir, youp! youp!
Petit, petap!
Chaqu' fois qu' mes Soucis chang'nt de nom;
Youp! youp! larira don don!
Et lorsque j'aurai bien, youp! youp!
Petit, petap,
Usé les filles, les garçons!
Youp! youp! larira don don!
Pour fair' rev'nir le public, youp!
Petit, petap,
Dans ma Biche je mets des lions!
Youp! youp! larira don don!

PHILOCOME.

Oui, mais il y a une chose que je me suis toujours demandée.

TOUS.

Quoi donc?

PHILOCOME.

Pourquoi a-t-on mis des lions dans la Biche au bois?

LA BICHE.

Dam? c'est pour!..

PHILOCOME.

Ça n'a pas de sens. — Est-ce pour manger monsieur Batty? si c'est pour manger monsieur Batty, à quoi sert la biche? si c'est pour manger la biche, à quoi sert monsieur Batty? N'était-ce pas assez d'avoir mis une biche en femme sans mettre des lions en cage?... Est-ce que pour manger des biches, les lions ont besoin de recevoir des coups de cravache, d'un monsieur qui les asticote? Est-ce que de vrais lions ne commenceraient pas par manger le monsieur? Et si les lions mangeaient le monsieur, ça prouverait-il que la biche a couru un danger? Qu'on mette des lions dans une pièce de biches, bien, les lions mangent les biches — quoique les biches dévorent souvent les lions... Voilà : prouvez-moi que vos lions ont raison d'être dans votre biche et je vote pour qu'on vous fasse dresser...

LA BICHE.

Enplâtre!...

PHILOCOME.

Non! en marbre!

CENDRILLON.

Il a raison, c'est honteux... La plus jolie féerie, c'est moi!

PEAU D'ANE.

C'est moi!

LA BICHE.

C'est moi!...

PHILOCOME.

Oui, pour les sourds. Vous ne serez toujours que de vieilles rengaines usées...

CENDRILLON.

Mais rajeunies!...

AIR :

Chez moi l'on voyait des costumes.

PEAU D'ANE.

Moi, je posais pour le décor.

LA BICHE.

Chez moi l'on voyait des légumes.

PHILOCOME.

Pour la biche, ça passe encor.

LA BICHE.

Chez nous le mollet jouait un rôle.

PHILOCOME.

Oui, mais trop souvent on a dit :
Tout cet éclat serait fort drôle,
Si l'on y trouvait de l'esprit.

CENDRILLON.

De l'esprit! Allons donc... ça gêne le dialogue?

LUCIEN.

Ça gêne plus souvent les auteurs.

LA BICHE.

En fait d'esprit, nous avons ou celui de faire de l'argent. Celui-là en vaut bien un autre!

PHILOCOME.

Oui, mais vous tuez le théâtre.

PEAU D'ANE.

C'est le public qui vient nous voir en s'amusant qui le tue.

LUCIEN.

Elle a peut-être raison.

SCÈNE IV

PHILOCOME, LUCIEN, LA BICHE AU BOIS, CENDRILLON, PEAU D'ANE, LE CASSEUR DE PIERRES, entrant, il porte un marteau de cantonnier et une grosse pierre.

LE CASSEUR.

Pardon, messieurs, mesdames, j'ai besoin de travailler.

PHILOCOME.

C'est un maçon, ça!

LE CASSEUR.

Pardon! n'équivoquons pas, (Il frappe du marteau sur des pierres en fredonnant la ronde du Casseur de pierres.)

PHILOCOME.

Qu'est-ce que vous faites-là?

LE CASSEUR.

Vous le voyez, je suis en gaîté.

LUCIEN.

Oui, ça se voit! Mais ce n'est pas gai, votre petit travail.

LE CASSEUR.

Je gagne le prix Montyon.

PHILOCOME.

Comment, en cassant des pierres?

LE CASSEUR.

Oh! je suis si honnête en cassant mes pierres, j'ai fait si peu de bruit dans le monde... J'ai fait si peu d'effet, qu'il a bien fallu qu'on me récompensât.

PHILOCOME.

Je demande alors à me faire cantonnier pour gagner le prix Montyon.

AIR :

Sur ma foi, la chose est cassante,
Un prix pour cela, c'est cassant.
J'cass'rais c' qu'on voudrait pour un' rente.

LE CASSEUR.

Il faut posséder mon talent,
Je suis un casseur opiniâtre.

PHILOCOME.

Où cassât's vous?

LE CASSEUR.

A la Gaîté.

PHILOCOME.

Deux casseurs comm' vous, et l' théâtre
Aurait fini par êtr' cassé!

LE CASSEUR.

Monsieur!... s'il avait dit vrai.

PHILOCOME.

Réfléchissez-y et allez casser vos pierres ailleurs.

LUCIEN.

Ça nous casse la tête!

LE CASSEUR.

Soyez donc littéraire pour qu'on vous traite de la sorte! je me trouve mal!

LUCIEN.

Une pièce qui faiblit...

PEAU D'ANE.

Qu'on mette un Aquarium dans son deuxième acte.

CENDRILLON.

Un ballet de lanternes dans son quatrième.

LA BICHE AU BOIS.

Des lions dans son cinquième, elle sera sauvée!

LE CASSEUR.

Non! j'aimerais mieux un garde champêtre.

SCÈNE V

LES MÊMES, JE PASSE ICI PAR HASARD.

JE PASSE, entrant et chantant.

Je passe ici par hasard.

TOUS.

Un garde champêtre.

JE PASSE, chantant.

Je suis un père de famille

PHILOCOME.

Non, pardon, monsieur, vous êtes garde champêtre.

JE PASSE.

Que je suis garde champêtre, oui, mais que ça ne m'empêche pas d'être père de famille.

Chantant.

Je mérite quelques égards,
Je tâche de me rendre utile.

PHILOCOME.

Ah! vous vous rendez utile!...

LUCIEN.

C'est un personnage important.

PHILOCOME.

Lui!

LE CASSEUR.

Qui ne fait que changer de nom... je l'ai vu dans Geneviève de Brabant.

JE PASSE, chantant.

Je passais là, par hasard.

LE CASSEUR.

Et dans le Hussard persécuté.

JE PASSE, chantant.

Je passais là, par hasard. Qu'est-ce que ça fait d'ailleurs, puisque je ne chante plus sur le même air.

PHILOCOME.

Comme ça, vous passez partout par hasard, dans Geneviève de Brabant, dans le Hussard persécuté?

LUCIEN.

Et dans l'Œil crevé.

PHILOCOME.

Toujours par hasard et sous le même costume.

JE PASSE.

Que le costume ne fait rien à mon caractère, qui est toujours mon même caractère. Je repasserai dans Geneviève de Brabant, par hasard.

PHILOCOME.

Et aujourd'hui?

JE PASSE, chantant.

Je passe ici par hasard.

PHILOCOME.

Ah! il est robinsonnant! j'en suis énervé...

JE PASSE, chantant.

Je tâche de me rendre utile.

PHILOCOME.

Oui!... Est-ce que par hasard vous ne pourriez pas sortir?

JE PASSE.

Moi!... (Coup de pistolet au dehors.) Ah! le général... c'est le moment de me montrer... sauvons-nous! (Le général Boum entre en scène et tire un coup de pistolet. Tous se sauvent en poussant un cri.)

SCÈNE VI

PHILOCOME, LE GÉNÉRAL BOUM, LUCIEN.

LE GÉNÉRAL.

Oh! que ça sent bon la poudre!

PHILOCOME.

Oh! que c'est bête de nous effrayer comme ça!

LE GÉNÉRAL.

Messieurs, le général Boum, vous serre les phalanges.

PHILOCOME.

Le général Boum.

LE GÉNÉRAL.

Attaché à la grande duchesse de Gérolstein. (Il fait un saut et tape sur sa cuisse.)

LUCIEN.

Théâtre des Variétés...

LE GÉNÉRAL.

Où je commande en chef...

PHILOCOME.

Alors, vous êtes une pièce militaire?

LE GÉNÉRAL.

Ce que je suis... on n'a jamais pu savoir.

AIR : *Je n'en ai jamais rien su.*

Vrai! la main sur la conscience,
Je vous le dis sans détour,
Au lieu d'un succès immense,
Je pouvais bien faire un four.
On me prône, on me proclame,
Cela me rend tout ému,

PHILOCOME.

Qui fait que l'on vous acclame?...

LE GÉNÉRAL.

Je n'en ai jamais rien su.

Flairant le canon de son pistolet.

Oh! que ça sent bon la poudre!

PHILOCOME.

Et l'argent donc!... Alors vous êtes content?

LE GÉNÉRAL.

Oui, ça boulotte!... Entre Bu qui s'avance et le sabre de mon père... La Belle Hélène et la Grande Duchesse...

PHILOCOME.

Vous connaissez la Belle Hélène?

LE GÉNÉRAL.

Parbleu! C'est une cascadeuse de mes amies. (On entend l'air de la Belle Hélène.) Tenez, la voici.

SCÈNE VII

LES MÊMES, LA BELLE HÉLÈNE, LE ROI BARBU.

LA BELLE HÉLÈNE.

AIR *de la Belle Hélène.*

Que vois-je! ici, qui vous amène?

PHILOCOME.

Le plaisir de voir l'inconnu.

LA BELLE HÉLÈNE.

Parlez, je suis la belle Hélène,
J'arrive avec mon roi barbu.

LE ROI BARBU.

C'est le roi barbu qui s'avance!

LA BELLE HÉLÈNE.

Oui, le roi qui s'avance bu!
Si notre vogue fut immense,
Le mot en est fort bien connu,
C'est que partout sur un air ingénu,
J'ai fait casca... cascader ma vertu!

PHILOCOME, parlé.

Ah! Madame a fait... et vous osez faire...

LA BELLE HÉLÈNE.

Il fallait bien que j'ose pour oser me présenter en public et pour qu'on osât me remettre dans la Grande Duchesse, si je n'avais pas tout osé, les auteurs n'auraient jamais osé m'habiller d'une autre façon.

PHILOCOME.

Ah! on vous a r'habillée?

LA BELLE HÉLÈNE.

En Grande Duchesse.

AIR : *Légende du Verre.*

Je fus duchess' de Gérolstein
Après m'avoir fait belle Hélène,
Sous la soie on a vu mon sein,
Après l'avoir vu sous la laine (*bis.*)
La plum' qui m'écrivit
D'esprit,
Etait un puits, qu'on se l' persuade,
Duchesse Hélèn' chacun l'a dit,
C'est la même femme qui cascade. (*bis.*)
Les auteurs m' font changer d'habit,
Mais n'ont fait, en fait d'inédit,
Qu' la même cascade!

Ah! en ai-je fait avec Paris et consorts... Ah! mon cher, quels jolis coups de sabres dans le contrat.

PHILOCOME.

Et votre mari souffrait cela?

LA BELLE HÉLÈNE.

Il avait de la barbe, mon mari!... Et dans la Grande Duchesse, j'avais un faible pour les militaires, j'élevais les soldats au grade de général... témoin cet imbécile de Fritz et cet idiot de Boum! Je les aimais tous! (Elle lève la jambe)

LE GÉNÉRAL, sautant en l'air.

Ah! que ça sent bon la poudre.

PHILOCOME.

Mais vous n'êtes qu'une pas gran'dchose alors! une affreuse cocotte.

SCÈNE VIII

Les Mêmes, LES IDÉES DE MADAME AUBRAY.

LES IDÉES, entrant.

Cocotte! Qui parle de cocotte ici?

LUCIEN, désignant Philocome.

Monsieur.

PHILOCOME.

Oui, moi, et je dis que Madame est le dessus du panier... pour les mœurs décolletées.

LES IDÉES, à la Belle Hélène.

Vous! madame! une jeune candide et pauvre cocotte! Laissez-moi vous lancer dans le monde honnête.

LA BELLE HÉLÈNE.

Ah! vous êtes bien bonne.

LES IDÉES, à Philocome.

Monsieur, êtes-vous d'une famille honnête?

PHILOCOME.

Certainement, madame.

LES IDÉES.

Bien! Avez-vous un fils ou un neveu honnête?

PHILOCOME.

Un neveu honnête?

LUCIEN.

Oui, madame.

LES IDÉES.

Eh! bien alors, monsieur, vous voyez cette femme, cette cocotte, elle aime tout le monde, c'est tout ce qu'il y a d'affreux; elle ruine les fils de famille, elle a des enfants... aux Enfants-Trouvés... c'est une pas grand'chose.

PHILOCOME

Je l'ai dit!

LES IDÉES.

Il faut lui donner votre neveu en mariage.

TOUS.

Hein?

PHILOCOME.

Jamais!

LES IDÉES.

Jamais? Mais en agissant comme je l'entends, vous commencez l'œuvre de régénération du monde... C'est la société relevée sur le piédestal de l'honneur d'où on l'avait abattue... C'est la famille réhabilitée... Ce sont mes idées, monsieur!

PHILOCOME.

Les idées de qui?

LES IDÉES.

De madame Aubray.

PHILOCOME.

Ah non! ah non! Au canal, vos idées.

LES IDÉES.

Ah! soyez donc un raisonnement impossible pour s'entendre traiter de la sorte... Monsieur, je voue votre neveu à la colère des cocottes du monde. (Elle sort.)

LUCIEN.

Merci.

PHILOCOME.

Voyons, entre nous, est-ce une idée qu'elle a, hein? On en a si peu à cette époque... que les mauvaises sont peut-être les bonnes.

LA BELLE HÉLÈNE.

C'est une cascadeuse qui rage de ne pas avoir eu de succès comme moi, fille de roi! Femme de roi! habitant le séjour des z'héros et des rois! (Bruit à la cantonnade.)

LE GÉNÉRAL.

Ah! en voici deux!...

PHILOCOME.

Bigre! C'est le moment de mettre en pratique le Guide du cérémonial! (Il met le doigt dans le nez.)

LUCIEN.

Pas les doigts dans le nez, mon oncle!

SCÈNE IX

PHICOME, LUCIEN, Le Général BOUM, La Belle HÉLÈNE, Le Roi BARBU, DRELINDINDIN, entrant par la droite, HURLUBERLU, par la gauche.

CHŒUR.

Air: *Le roi Barbu.*

Ces deux grands rois
Qui s'avancent, rois (*bis.*)
Qui s'avancent c'est Drelin
Din din
Hurluberlu
Lu lu.

(Drelindin et Hurluberlu paraissent.

DRELINDINDIN.

Prudence!

HURLUBERLU.

Et patience!

ENSEMBLE.

Tout est entendu!

REPRISE.

Ces deux grands rois,

Air : *C'est dans l' nez qu' ça me chatouille.*

HURLUBERLU.

Drelindindin! quoi! c'est vous, sire?

DRELINDINDIN.

Hurluberlu! c'est vous, grand roi?

HURLUBERLU.

J'avais quelque chose à vous dire!

DRELINDINDIN.

J'avais à vous parler! de quoi?

HURLUBERLU.

Maintenant ma tête s'embrouille;
Je suis enrhubé du cerbeau!

DRELINDINDIN.

Pourquoi pleurez-vous comme un veau?

HURLUBERLU.

C'est dans l' nez qu' ça m' chatouille!
Atchi! téri! téri!

(Pendant la ritournelle il se mouche d'abord seul, puis tout le monde en fait autant et les trompettes d'aller à l'orchestre, coups de cymbales.)

PHILOCOME.

Pour de grands personnages, ce sont de grands personnages; mais leur manière de se moucher, n'est pas majestueuse.

HURLUBERLU.

Un grand personnage ne doit pas se moucher comme tout le monde, c'est dans le Code du cérémonial.

LE GÉNÉRAL, montrant son pistolet.

Moi, je fais mouche à quinze pas!...

PHILOCOME.

Mais tout cela est insensé, et voici avec quoi les théâtres ont gagné de l'argent cette année?

LA BELLE HÉLÈNE.

Avec la cascade, oui, mon ami. Le monde est à la cascade, le plaisir est à la cascade... tout enfin se fait maintenant à la cascade.

Air : *Hervé.*

La cascade est l'ordre du jour,
En ce siècle chacun gambade,
L'amour se fait à la cascade
Chacun l'adore avec amour.
Un banquier part pour la Belgique,
On ne dit plus : C'est un voleur!
Le mot serait trop énergique,
On dit : C'est un grand cascadeur!
Dans le monde l'on voit souvent
De brunes ou blondes fillettes,
Faisant les prudes, les coquettes,
Cascader avec un amant.
Un mari d'humeur trop jalouse
Voit sa femme prête à céder,
Pour s'excuser, la jeune épouse
Dit : Mais c'était pour cascader.
On traite une affaire aujourd'hui,
D'une façon toujours légère;
Par la cascade qui nous gère,
L'homme grave est un étourdi.
Même le père de famille,
Traînant une cocotte au bois;
Oubliant, maison, femme et fille,
Cascade en chevalier gaulois.
La cascade est l'ordre du jour, etc.

PHILOCOME.

Eh bien! vrai, vous n'aurez jamais ma pratique. Et voilà tout ce qu'on a joué à Paris... (A ce moment le jour baisse! Jack Sheppard est entré en scène, il a enlevé le mouchoir de Philocome.

LUCIEN.

Oh! Quel brouillard!...

SCÈNE X

LES MÊMES, JACK SCHEPPARD.

JACK.

Et son chevalier. (Le théâtre s'éclaire.)

TOUS.

Jack Scheppard.

PHILOCOME.

Chippard vous voulez dire. Il m'a volé mon mouchoir.

JACK.

C'est le sang de mon père. (Il le lui rend.)

LUCIEN.

Ah! il est bon enfant! Il vous le rend.

JACK.

C'est le cœur de ma mère à l'Ambigu!

LUCIEN.

Il est déménagé de la Porte-Saint-Martin.

JACK, lui enlevant sa montre.

Et je ne m'en plains pas!...

PHILOCOME.

Il m'a pris ma montre.

JACK.

C'est le sang de mon père.

PHILOCOME.

C'est un filou.

JACK.

Ne confondons pas!... je suis un voleur!

Air : *Final des Méli-Mélo.*

Sur ma foi, l' métier des voleurs,
Est un métier qui vous rapporte,
D' mon théâtre on enfonc' la porte
Pour me voir voler. Les auteurs,
Au lieu d' me prendre en Angleterre,
Auraient dû m' fair' naître à Paris;
Ils auraient pu faire la guerre
A leurs voleurs; ainsi, le prix
De leur pièce eût doublé d' succès;
On eût vu des floueurs en masse,
Des faiseurs qui, sur cette place,
Vous volent au nom du progrès,
On eût vu des bureaux d'agence,
Sans nuls agents, sans nuls commis,
Avec des comptoirs d'assurance,
N'assurant qu' des pert's pour profits.
Estaminets du boulevard,
Restaurants aux faces dorées,
Vatels aux grandes renommées,
Vous volez plus que Jack Scheppard.
Servis, sur vos tables perfides,
Que d' pâtés, que de plats menteurs
Et que de sauces homicides,
Parmi vos menus imposteurs!...
Enfin, voleurs de tous états,
Maîtres de la grande flibuste,
Dans Paris, cette ville auguste,
Vous savez braver tous contrats.
Pour terminer chaque entreprise
Et pour naviguer avec art,
Vous n'avez pas b'soin d' la Tamise,
Vous êt's chevaliers du brouillard...

Sur ma foi, l' métier des voleurs
Est un métier qui vous rapporte,
D' mon théâtre on enfonc' la porte
Pour me voir voler les filoueurs!

PHILOCOME.

A la bonne heure! voilà une pièce honnête; seulement, je voudrais savoir à qui j'ai affaire. Vous m'avez pris ma montre.

JACK.

C'est vrai! Ah! quel sang mon père a-t-il donc mis dans mes veines.

LUCIEN.

Rendez-la-lui!

JACK.

La voici! c'est le cœur de ma mère!...

PHILOCOME.

Non, c'est ma montre,

JACK.

Mais je vous la reprendrai...

PHILOCOME.

Comme sa pièce, tout n'est que reprise.

JACK.

Je fais salle comble.

PHILOCOME.

Soit.

AIR : *Je loge au quatrième étage.*

Mais enfin c'est une reprise.

JACK.

Qu'importe, si l'on vient chez moi,
Je me moque bien que l'on dise :
Reprise, en tout cas, sur ma foi!
En ce moment, moi, je fais loi.

LUCIEN.

C' n'est pas un' reprise perdue,
Le succès doit lui faire honneur!

JACK.

Pour le succès, je suis connue,
Jack Scheppard n'est pas un voleur!... } *bis.*

PHILOCOME.

Alors tendez-moi la main... mais ne me reprenez pas ma montre.

JACK, lui tendant la main.

C'est le cœur de ma mère!

PHILOCOME.

Ça, c'est un tic!... Enfin, il faut bien lui passer quelque chose!

UNE VOIX, au dehors.

Jack! Jack!

JACK.

Ah! on m'appelle! c'est la voix de ma mère... Ah! c'est que je suis un bon fils,.. moi, je m'en moque pas mal de ma mère. (Il prend le mouchoir de Philocome.)

PHILOCOME.

Ah! il m'a pris mon mouchoir.

JACK.

C'est le sang de mon père. (Il sort.)

PHILOCOME.

Joli sang! merci! Enfin, est-ce tout ce que nous avons à voir?

JACK.

Hernani, *Bonaparte à Brienne*, *l'Usurier de village*, *les Faux bonshommes*, *la Tour de Londres*, *le Juif-Errant*, *les Pirates*...

PHILOCOME.

Je préfère *Hernani*.

JACK.

On ne le joue pas ce soir, mais si vous voulez remplacer cela par les *Petits crevés*.

PHILOCOME.

Non, merci, pas de comparaison.

AIR : *Connaissez-vous?*

Ce mot me fait hausser le cœur.
Crevé! ma surprise est profonde;
Comment! peut-on sans avoir peur
Mettre à la scène un pareil monde?
Avec ces gandins énervés;
Des auteurs quell' que soit l'adresse,
Je n' puis comprendr' que des crevés
Aient pu faire vivre une pièce.

LUCIEN.

Eh! mon oncle, refaites le monde et vous aurez refait le théâtre.

PHILOCOME.

Comment! rien de charmant, d'intéressant... qu'on cherche dans 1829 alors! je m'en rappelle moi!...

SCÈNE XI

LES MÊMES, ANTONY, ADÈLE. — (Les deux personnages sont joués par deux enfants.)

ADÈLE, entrant.

Antony! Antony! Laissez-moi!...

ANTONY, entrant.

Non, je ne te laisserai pas!...

PHILOCOME.

Qu'est-ce que c'est que ça?...

LUCIEN.

Le théâtre de l'avenir.

PHILOCOME.

Et que jouent-ils?

LUCIEN.

La comédie pour s'apprendre!

ADÈLE, à Antony.

Antony, laissez-moi, vous dis-je, vous allez me chiffonner ma robe!...

ANTONY.

Que m'importe ta robe! O mon Adèle, je bénis le hasard qui m'a fait te rencontrer.

ADÈLE.

Moi aussi... Veux-tu jouer au cerceau?

ANTONY.

Non! laisse-moi te parler.

ADÈLE.

Antony, le monde a ses lois, la société ses exigences.

ANTONY.

Et pourquoi les accepterais-je? Oh! si vous saviez combien le malheur rend méchant... J'ai rêvé de chat noir et d'omnibus à six roues!

ADÈLE.

Antony, vous me faites frémir.

ANTONY.

Ah! ah! ah! je la fais frémir.

ADÈLE.

Je suis toute tremblante.

ANTONY.

Et votre santé, Adèle?

ADÈLE.

N'aurait rien à désirer sans quelques agitations de cœur!

ANTONY.

Ah! que ne suis-je certain d'en être la cause!

ADÈLE.

Antony, pourquoi doutez-vous toujours?

ANTONY.

Le doute n'est-il pas ma seule fortune en ce monde! Moi, bâtard, jeté sur la terre en doutant. Je doute! Ah! ah! ah! Je doute... et cependant je suis un homme!... on m'accueille partout?... partout le bien me tend la main. On ne me fait que des politesses. Mais ça m'est égal, je dis que le monde est une canaille. Voilà pourquoi je doute!... Mais tout ça, c'est du verbiage; parlons de nos amours... Tu m'aimes donc.

ADÈLE.

Oui... mais prenez garde! ma réputation! le monde!

ANTONY.

Je brave tout...

AIR: *Ah! vous dirai-je, maman.*

Ah! vous dirai-je en ce jour,
Ce que mon cœur a d'amour.
Je vous aime tant, Adèle,
Que je jur' d'être fidèle;
Pour vous je f'rai plus encor,
Car vous êtes mon trésor.

ADÈLE.

Oh! mon cœur! mon cœur!

PHILOCOME.

Mais ce n'est pas Antony! c'est Fanfan Benolton!...

LUCIEN.

Silence!

ANTONY.

Partons, je vous enlève...

ADÈLE.

Mais de l'argent...

ANTONY.

J'ai vu la pièce de Sardou, et j'ai appris comment un fils crochetait le secrétaire de son père.

ADÈLE.

Mais vous n'avez pas de père!

ANTONY.

Pas de mère. Je suis un bâtard!... J'irai demander cent louis à mon ami l'auteur... Viens...

ADÈLE.

Non! je n'ose pas!...

ANTONY, à part.

Est-ce qu'elle voudrait me faire poser! Elle serait mauvaise. (Haut.) Allons, Adèle, nous allons prendre un fiacre!...

ADÈLE.

AIR: *C'est le roi Dagobert.*

Si j'étais sûr' de vous,
Je vous donnerais rendez-vous
Pour ce soir!... Mais non!
J'éprouve un soupçon;
Parlez carrément,
Serez-vous constant?
N' cherchez pas à mentir
Votre abandon me f'rait mourir.

ANTONY.

Oh! la! la! (Haut.) Non! je jure sur ce cigare.

ADÈLE.

Ne jurez pas... j'ai réfléchi! je reste...

ANTONY.

Adèle! mon sang bout!... suivez-moi.

ADÈLE.

Non!

ANTONY.

Adèle, prenez garde!

ADÈLE.

Je suis prête à mourir! La mort je l'appelle! Je la bénirai, je la demande, je la veux... na!

ANTONY.

C'est toi qui l'as voulu. (Il tire un poignard, en frappe Adèle qui pousse un cri. Le général Boum la prend dans ses bras.)

PHILOCOME.

Petit malheureux! qu'avez-vous fait?

ANTONY.

Elle me résistait!... je l'ai assassinée... na!

LE GÉNÉRAL.

Il a raison; mille bombes. (Il tire un coup de pistolet, une femme paraît en scène en poussant un cri... Elle a une flèche dans l'œil.)

SCÈNE XII

LES MÊMES, L'ŒIL-CREVÉ, puis ALEXANDRIVORE.

L'ŒIL-CREVÉ.

Pan! dans l'œil!...

TOUS.

Ah!

LUCIEN.

Général, vous avez fait un malheur.

LE GÉNÉRAL.

Que ça sent bon la poudre!

L'ŒIL-CREVÉ.

J'en ai l'œil crevé! Et moi qui devais aller en soirée.

LE GÉNÉRAL.

C'est une folie dramatique!

ALEXANDRIVORE, entrant. Il porte des bâtons de chaise.

L'œil crevé! on a fait du mal à Fleur de noblesse!

L'ŒIL-CREVÉ.

Ah! Drivore! c'est toi! regarde!... on m'a mis une flèche dans l'œil, et ce n'est pas toi!

ALEXANDRIVORE.

Ah! malheur! nous ne pourrons plus tourner des bâtons de chaise.

PHILOCOME.

Monsieur est tourneur ?

ALEXANDRIVORE

Pour faire plaisir à l'auteur.

L'ŒIL-CREVÉ.

Pristi! que ça me gêne; mais ça ne faitrien, Drivore, puisque je te retrouve, parlons de la Polonaise et de l'Hirondelle.

ALEXANDRIVORE.

Chut! elle a changé de nom, la Polonaise, et l'Hirondelle aussi... c'est la Cocotte et l'Ecrevisse.

I

LA COCOTTE ET L'ÉCREVISSE.

Un soir devant chez Brebant,
Foulant d' son pied le bitume,
Une Cocott' à l'œil charmant
M' dit : Achi!... V'là que j' m'enrhume.
Souriant, minaudant
S'trémoussant dans son costume,
Elle ajout' : Jouvenceau,
Offre-moi z'un godiveau. } *Reprise en chœur.*

L'ŒIL-CREVÉ.

II

Nous prenons de l'escalier
La rampe de bois d'érable,
Puis, arrivant au premier,
Nous nous installons à table.
Le Gandin
Fait l' malin.
Mais moi, d'un air admirable,
Je lui dis : Non pas d' ça,
Pas d' bêtise ot' donc tes pieds d' là. } *Reprise en chœur.*

ALEXANDRIVORE, L'ŒIL CREVÉ.

III

Pour terminer ce morceau.
Parlons un peu d'écrevisse,
Qui s' trouvait sur l' godiveau,
Dans une sauc' Baron Glisse.
D' puis c' soir,
Ell' vient voir,
Avec un œil plein d' malice,
Si son ombre est toujours
Sur l' godiveau des amours!

L'ŒIL-CREVÉ.

Ah! ah! ah! ça m' fait mal!...

TOUS.

Ça lui fait mal!...

ALEXANDRIVORE.

Qu'on arrête celui qui l'a blessée...

TOUS.

Arrêtez-le.

SCÈNE XIII

PHILOCOME, LUCIEN, LE GÉNÉRAL BOUM, LE ROI BARBU, DRELIN-DINDIN, HURLUBERLU, ANTONY, ALEXANDRIVORE, LA BELLE HÉLÈNE, L'ŒIL-CREVÉ, ADÈLE, JE PASSE ICI PAR HASARD.

JE PASSE, entrant.

Je passe ici par hasard.

TOUS.

Le garde champêtre!

ALEXANDRIVORE.

Garde-champêtre, arrêtez le général.

JE PASSE.

Que ceci, c'est mon affaire! Ah! j'ai oublié mon sabre. (Au général.) Prêtez-moi le vôtre que je vous arrête.

LE GÉNÉRAL, lui donnant son sabre.

Voici.

JE PASSE.

Non! gardez-le, je vous arrêterai sans sabre!...

L'ŒIL-CREVÉ, poussant un cri.

Ah! je me trouve mal!... (Elle tombe dans les bras d'Alexandrivore).

TOUS, l'entourant.

Ah!

L'ŒIL-CREVÉ.

Non! non! je ne veux pas que ce soit un autre que Je passe ici par hasard qui me tape dans la main.

JE PASSE, lui frappant dans la main.

Ça y est.

PHILOCOME.

Pauvre petite femme! (Au général.) Monsieur, ce que vous avez fait là est l'œuvre d'un toqué.

LE GÉNÉRAL.

Assez de pleurnicherie!... L'Œil-crevé ne pleure pas, il rit!... pourquoi? Je n'en sais rien, je suis des Variétés et non des Folies Dramatiques. Et comme dit ce dernier...

JE PASSE.

C'est moi qui dit ça. Et ça commence par un roulement.

AIR : *Œil crevé.*

TOUS.

Brrau!

JE PASSE.

Pour les braves militaires
Il y a deux sortes de flanc;
Il a tiré dans l' flanc droite,
Ça n'est pas français vraiment.
Un roulement.

TOUS.

Brrau!

JE PASSE.

Le public porte au pinacle
La pièc' cascade Œil-Crevé.
Chez l'agent tous les mois d'la main droite.
L'auteur palpe sans être énervé!
Hi hau!
Rataplan
Sur la caisse un roulement!

TOUS.

Brrau!

PHILOCOME.

C'est donc encore une pièce tout ça?

LUCIEN.

Toujours.

PHILOCOME.

Ah! j'en ai assez! je demande autre chose.

SCÈNE XIV

LES MÊMES, LE PROGRÈS.

LE PROGRÈS, paraissant du dessous du théâtre.

Sois servi à souhait!... Regarde!

Le fond du théâtre s'ouvre ; on aperçoit le site du lac des Buttes Chaumont. Au fond, sont groupés la vieille Buttes Chaumont, la jeune Butte et des génies représentant les principales puissances de l'Europe.

Huitième tableau

SORBETS DE PROGRÈS AU RHUM

SCÈNE PREMIÈRE

LE PROGRÈS, PHILOCOME, LUCIEN, JE PASSE ICI PAR HASARD, LE GÉNÉRAL BOUM, DRELIN-DINDIN, LE ROI BARBU, ALEXANDRIVORE, HURLUBERLU, ANTONY, JACK-SCHEPPARD, LA VIEILLE BUTTE CHAUMONT, LA JEUNE BUTTE, L'ŒIL-CREVÉ, LA BELLE HÉLÈNE, ADÈLE, LES PUISSANCES.

PHILOCOME.

Oh! cela est magique, féerique, merveilleux! Où suis-je donc ici?

LA VIEILLE BUTTE.

Sur les buttes Chaumont.

PHILOCOME.

Sur la vieille butte?

LA JEUNE BUTTE.

Sur la jeune butte, sa fille!

LE PROGRÈS.

Rajeunie par moi.

PHILOCOME.

Par vous! qui êtes-vous donc?

LE PROGRÈS.

Le Progrès!

Un jour, le créateur, en sa sagesse immense,
Me jeta sur la terre et, dans l'intelligence
Humaine, en embryon, je tombai bien chétif,
Disant : Viendra le jour, où n'étant plus captif,
Je saurai faire éclore et vivre la pensée
Du Progrès qui languit maladive, oppressée,
Au profond de cet œuf qu'on nomme le cerveau!
Alors, je sortirai fier de ce fier tombeau.
J'ai dit, et, des esprits dissipant les ténèbres,
J'arrachai d'un seul coup les nuages funèbres
De la paresse à l'œil triste, morne, hébété,
Au front pâle, où dormait l'âpre stérilité.
Sur sa froide palette, à ma voix, la peinture
Mit les rayons du vrai; la muette sculpture
De son large ciseau, fiévreuse, anima
Son immobile marbre, enfin, elle parla!
De ce jour, le commerce et l'art et l'industrie
Prirent un même essor en redoublant de vie;
La vapeur se fit force, et, docile, sortit
De l'eau qui bouillonnait. De la terre surgit
Un monde de trésors, un peuple de génies.
J'étais éclos enfin, et de mes mains unies,
Sur le pâle univers tombait l'art sans pareil;
Le Progrès avait fait naître un nouveau soleil,
Dont les rayons puissants consumant l'ignorance
Mettaient au fond du ciel une étoile, la France!
Tout n'était pas fini : les arts avaient des lois,
Il fallait en donner aux peuples, même aux rois!
Mon audace s'accrut. La gloire veut la gloire!
Je créai des héros... pour enrichir l'histoire,
D'un soldat, moi, Progrès, je fis un Empereur,
Embryon de génie éclos au fond du cœur
D'un homme, remuant du bout de son épée
Les siècles stupéfaits!... Immortelle épopée
De progrès incessant! J'allais toujours marchant,
Et plus j'allais, toujours dans l'inconnu cherchant,
Plus je me grandissais... Je suis l'âme du monde;
Étincelle de vie!... à la terre féconde;
De ma main de géant, j'arrachai les secrets
Des cieux; j'ai déchiré les ténèbres discrets!
Voilà mon œuvre! Eh bien, rien n'est fait sur la terre!
Cherchez, cherchons encore, amis, tout est à faire!
Suivez-moi! Le progrès tient votre gouvernail;
Pour âme, il a l'espoir, et, pour cœur, le travail!

TOUS.

Vive le Progrès!

SCÈNE II

LES MÊMES, MADAME BONGOUT, puis LE RENSEIGNEMENT.

MADAME BONGOUT, *entrant, rouge de colère.*

Où est-il? où est-il, le monstre?

TOUS.

Aïe!

LUCIEN.

Je suis frit!

PHILOCOME.

Qu'y a-t-il?

MADAME BONGOUT, *saisissant Lucien à la gorge.*

Ah! je te tiens donc enfin!... monstre, canaille!...

PHILOCOME.

Hein! voulez-vous bien lâcher mon neveu!

MADAME BONGOUT.

Votre neveu! ça!... En voilà un joli polichinelle... Eh bien, il en fait de belles, votre neveu! Il débauche ma nièce et toutes mes demoiselles de magasin pour leur faire jouer la comédie dans son théâtre.

FIDÉLINE.

Ma tante!

PHILOCOME.

Son théâtre?

MADAME BONGOUT.

Vous avez les pieds dessus.

PHILOCOME.

Lui! directeur!...

LUCIEN.

Mon oncle!...

PHILOCOME.

Assez, monsieur... Je comprends tout, et c'est à la répétition de l'une de vos pièces que vous venez de me faire assister, je parie?

LUCIEN.

Oui, mon oncle, à la répétition générale de la *Revue!*

PHILOCOME.

Ah! coquin!... touche là! Je te pardonne, je me suis amusé... je te donne cinquante mille francs de dot!

MADAME BONGOUT.

Alors, je lui donne ma nièce.

LUCIEN.

Ah! mon oncle!

FIDÉLINE.

Ah! ma tante!

PHILOCOME.

Assez! Je ne demande qu'une chose, maintenant, c'est qu'on me démasque l'homme masqué.

LE RENSEIGNEMENT, *entrant.*

Monsieur?

PHILOCOME.

Ah! vous voilà, farceur!

LE RENSEIGNEMENT.

L'homme masqué n'est autre qu'un inconnu qui ne veut pas qu'on le connaisse.

PHILOCOME.

Fallait le dire tout de suite. Merci, ça me suffit. Comment l'appelleras-tu ta revue, mon neveu?

LUCIEN.

Je ne sais pas!...

PHILOCOME.

Pna! dans l'œil! c'est moi qui la baptise.

TOUS.

AIR : *Coco fêlé.*

Pan! Pan! Pan! *(bis.)*
Pan! Pan! Pan! le doigt dans l'œil.
Pan! Pan! Pan!
Chacun se met l' doigt dans l'œil.

PHILOCOME.

Dans notre siècle où le monde imbécile,
Ne vit, hélas! qu'en s'entourant d'orgueil,
On peut compter par dizaines de mille
Tous ceux qui se fourrent le doigt dans l'œil!

TOUS.

Pan! Pan!

L'ŒIL CREVÉ.

D' nos écrivains, bien des noms sont des leurres;
Par leurs feuill'tons, par leurs sombres romans,
Ils font passer de bien fichus quarts d'heures!
S'ils nous procur'nt quelques bons p'tits moments!

TOUS.

Pan! Pan! Pan!

JACK SCHEPPARD.

Bateau, charbon, canaux, voitur's, carrières,
Tout à présent représente des fonds,
J' conseille aux bonn's dans les *lits militaires*
D' se dépêcher de prendre des actions.

TOUS.

Pan! Pan! Pan!

LE GÉNÉRAL BOUM.

Un bon bourgeois, la quiétude dans l'âme,
De sa maison en riant franchit l' seuil;
Quand il revient, qui trouv'-t-il près d' sa femme?
Un p'tit cousin! Pan! ah! quel doigt dans l'œil.

TOUS.

Pan! Pan! Pan!

BELLE HÉLÈNE.

Partout la mode embellit la nature!
C'est une course au chic dans tout Paris,
Les femm's ne font que changer de coiffure;
Mais je n' vois pas changer ceil' des maris.

TOUS.

Pan! Pan! Pan!

LE PROGRÈS.

Le directeur qui monta cette pièce
En ce moment, l'âme, hélas! toute en deuil,
Se dit : Ai-j' fait un petit tour d'adresse,
Ou n' me suis-j' pas fourré le doigt dans l'œil?

TOUS.

Pan! Pan! Pan!

PHILOCOME.

Les deux auteurs se demand'nt par avance
Si l' pont des Arts, va d'un double fauteuil
Leur fair' cadeau, pour leur extravagance,
Ou s'ils se sont fourré le doigt dans l'œil.

TOUS.

Pan! Pan! Pan!

FIN

POISSY. — TYP. ET STER. DE AUG. BOURET.

POISSY. — TYP. ET STÉR. DE A. BOURET.

www.ingramcontent.com/pod-product-compliance
Lightning Source LLC
Chambersburg PA
CBHW061702180626
46818CB00003B/1222

* 9 7 8 2 0 1 9 5 2 7 6 8 6 *